新 潮 文 庫

おもてなし時空カフェ

～桜井千鶴のお客様相談ノート～

堀川アサコ著

新 潮 社 版

11198

目次

おもてなし時空カフェ

Omotenashi
Jiku café
Asako Horikawa

～桜井千鶴のお客様相談ノート～

第一章　犬も歩けば

1

チズこと桜井千鶴《さくらいちづる》は四頭の犬に引っ張られて、街をとことこ歩いている。大きい子から、ゴールデンレトリバーの定吉《さだきち》、ウェルシュコーギーの万作、ヨークシャーテリアのチョロ助、マルチーズのお美代。

彼らの名が時代劇調なのには、わけがある。それはお話が進むにつれて、おいおいわかってくるはずだ。

ともかく、定吉も万作もチョロ助もお美代も、大のご機嫌で、大の元気である。『将軍カフェ』というロゴの入った深緑色のエプロンを着けたチズは、彼らがめいめいの場所で落とすフンを拾い、「こらこら」「待て待て」「そんな引っ張らないで」と繰り返しながら、犬に連れられてこちらの町内から、あちらの町内へ、公園へ、河川敷へと、散歩コースを進んで行く。

将軍カフェ。
近頃できた犬カフェだが。
はて？
チズははなぞのホテルというなぞのホテルの客室係をしているのではなかったのか？
いかにも、チズは今も、はなぞのホテルでアルバイトをしている。
そして、犬カフェに出向になったのである。
アルバイトなのに出向？　ちょっとないような話なのだが、これにもまたわけがある。
はなぞのホテルは、そんじょそこらのホテルとはちがう。
煉瓦《れんが》造りの三階建てで、客室が七室しかない小さな小さなホテルだ。
だが、はなぞのホテルがほかとはちがっているのは、その規模の小ささゆえではない。
そこには、旅行室という特別な部屋がある。
お客たちは、正面の回転ドアからではなく、その旅行室からやって来る。
旅行室にはタイムマシーンがあるのだ。
すなわち、はなぞのホテルとは時間旅行者の泊まるホテルなのである。
そして、今を去ること三ヵ月、大変なＶＩＰが時を超えてやって来た。
徳川五代将軍・綱吉《つなよし》公。
江戸の元禄《げんろく》時代、有名な赤穂《あこう》浪士の討ち入りがあったときに将軍をしていた人だ。綱吉は当時、『生類憐《しょうるいあわれ》みの令』というのを定めた。

生類憐みの令を要約すると、動物を大切にせよ、とくに犬を大切にせよ、人間の命ばかりが命じゃないんだぞって感じの法律だ。

綱吉が根っからの動物好きということもあるのだろうが、まだまだ戦《いくさ》が美徳という気風ののこっていた時代に、命の大切さを広めたかったのである。生類憐みの令は、世の中に平和を取り戻すための、荒療治でもあった。だけどあまりにも突飛な法律だったために、当時の人たちからひんしゅくを買ったといわれている。

そんな綱吉であるが、いざ会ってみれば普通のおじさんだった。

小柄でころころと丸い体形をしている。でも、何を着ても意外と似合うのだ。将軍の御召し物もバッチリきまっていたが、現代の洋服もダンディに着こなす。

綱吉が洋服を着慣れているのは、以前からよく時間旅行でこちらに来て、犬カフェめぐりを楽しんでいたためである。それが高じて、とうとう現代に移住し、犬カフェの店主におさまることとなった。――犬たちの名前が時代劇風なのは、名付け親が江戸時代の人だからなのだ。

綱吉が現代で犬カフェを始めたのは、何もお金持ちの気まぐれということではない。暗殺を逃れるための、ＩＴＯの措置だったのである。

ＩＴＯ――International Time and Space Control Organization　国際時空管理機構。

時空間の適正な移動を監視・管理するための国際的な組織だ。チズが勤めているはなぞのホテルも、その中に組み込まれている。

で、綱吉の暗殺のことなんだけど。

綱吉は麻疹《はしか》で亡《な》くなったことになっているが、実は暗殺（毒殺）された……ともいわれている。しかし、本当のところはＩＴＯの暗殺被害者保護プログラムによって現代に移り住んだというわけなのだ。

綱吉将軍の新しい名前は、徳山松雄《とくやままつお》さん。

戸籍やらの面倒なことは、ＩＴＯがうまく処理しているようだ。

でも、このお話の中ではあまりピンとこないから、元々の綱吉という名前で進めてゆくことにする。

その綱吉だが、ＶＩＰのお客の多くがそうであるように、彼もまたはなぞのホテルに多額の寄付をしているお得意さまであった。だから、綱吉さまさまなのだ。

そのため、綱吉が犬カフェを始めるにあたり、当面の人手が必要となった時点で、チズが出向することに強制的に決まってしまったのである。

「こないだは春日局《かすがのつぼね》の付き人で、今度は徳川将軍のお手伝いですか」

と、文句をいったチズではあったが、ただで犬カフェの犬たちと遊べるのは、なかなかに役得であった。

犬たちは、全部で十頭いる。全《すべ》て保健所から引き取った保護犬だ。

当初、大型犬の散歩などはおっかなびっくりだったチズも、ずいぶんと慣れた。店の仕事は綱吉が居なくては始まらないので（ワッフルやパンケーキを焼くのが、なぜか本当に上手《うま》いのだ）、散歩はチズの担当だ。実に健康的というか、少々へたばっている。はなぞのホテルで働いているときは掃除三昧《ざんまい》で、それもなかなか重労働だったけど。

＊

定吉たちの散歩を終えて将軍カフェにもどると、先に散歩を済ませていた犬たちが、大喜びでチズを迎えた。散歩、散歩、また散歩の日々だが、犬たちにこんなに懐《なつ》かれるのだから、楽しくないはずはない。

「おチズちゃん、おかえり」

小柄で太ったからだにギャルソンエプロンをしめた綱吉が、カウンターの中から声を掛けてくる。

綱吉は育ちが良いせいか、本当に何でもサマになる。背筋が伸びて、動作が優雅で、でも体形なんかはギャグマンガみたいなんだけど、不思議と格好が良いのだ。

チズのことを『おチズちゃん』と呼ぶのは変な感じだが、そういうチズも綱吉を『上さま』と呼んでいる。お客たちは、そんな二人を時代劇ファンなのだと理解……という か誤解している。それは、それでよいのである。

さて、店の中では、常連のデニスさんがチョロ助を待ちわびていた。

デニスさんはイギリスの人で、近くの大学の先生だ。外国人なのに日本文学を教えているというのだから、チズはただただ感心するばかりだ。日本語はぺらぺらだけど、少しだけイギリスなまりがある。映画で観《み》るみたいな英国紳士で、背が高くて金髪碧眼《へきがん》、おまけにイケメンだから、江戸時代の人の中に居ても小柄だった綱吉と並ぶと、お互いの特徴がきわだって、面白いコンビに見える。

そんなデニスさんは、両手を伸ばしてチョロ助を呼ぶと、ひざに乗せた。股《また》からひざまでの距離が長いから、小さなチョロ助は悠々と寝そべることができる。顔なじみに甘やかされ、チョロ助はにんまりと笑ったような顔をする。

「叔母の家にも、ヨークシャーテリアが居ました」

デニスさんはパスケースを取り出すと、ICカードの下に入れていた写真を出して見せた。チョロ助とそっくりなヨークシャーテリアが、やっぱり笑ったような顔でこちらを見ている。

チズはここで働いて、犬は泣いたり笑ったりするのだということを知った。保健所から連れて来られたばかりのころは泣き顔だったり、困り顔をしたりだったけど、ここで幸せに生きていいと気付いた彼らは本当に嬉《うれ》しそうに笑うのだ。デニスさんのヨークシャーテリアも、何の疑いもなく幸福な笑顔をカメラを持つ相手――デニスさんに向けている。

「名前は何ていうんですか？」

「ギンガモール」

「銀河モール？」

商店街みたいな名だと、チズは思った。中世の騎士の名前だそうだ。

2

あくる日、またしても犬の散歩の途中、チズは吉井さんに会った。

吉井さんというのは、はなぞのホテルのコックである。

実に腕の良い料理人で、吉井さんの辞書には『面倒くさい』という言葉がない。自分は食事を済ませて出勤するのに、支配人やチズたちのためにまかないの朝食を作ってくれる。昼食も作ってくれる。これが、どこのレストランよりも美味《うま》い。

忙しいのが大好きで、でも忙し過ぎるとだれにでも八つ当たりして、いつもコックコートを着て三角巾《さんかくきん》をかぶり、ホテルのイベントには必ず一人息子を連れて来るシングルマザー。

それが吉井さんだ。

「吉井さん、おひさしぶりで……す?」

声を掛けたチズは、吉井さんの視界には入らなかった。

吉井さんはママチャリに乗って、血相を変え、中年の男の人を追いかけていた。

逃げる方もまた、血相を変えている。

うすい頭髪をオールバックにして、中肉中背、くたびれた背広を着た鼻の大きなおじさんである。

その人が、振り返り、振り返り、その青ざめた顔から汗をしたたらせて逃げて行くのだ。

その逃げ足の速いことは、オリンピック選手……とまではいかないけれど、陸上部のエースくらいのダッシュである。

「ワオン!」

チズとお散歩を楽しんでいた犬たちが、その男の人にロックオンした。

追いかけっこ、ぼくらも、するよ、するよ、と駆け出したから、チズは『かもとりごんべえ』みたいになってしまった。ちなみに、『かもとりごんべえ』とは九十九羽の鴨《かも》を縄でつないで生け捕りにした猟師のごんべえが、一斉に飛び立った鴨たちにひっぱられて空に舞い上がってしまうというむかし話。

ともあれ、犬は飛行しないのでチズは空を飛ぶこともなく——。しかし、男の人は猛烈に足が速くて、自転車の吉井さんまで振り切って、どこかに逃げてしまった。あんなに怖そうに逃げる人を、チズはゾンビ映画の中ですら見たことがない。

「ああ、もう」

「吉井さん、お茶でも飲んで一休みしましょう」

憤懣《ふんまん》やる方ない様子の吉井さんを捨て置くこともできず、将軍カフェへと連れて帰った。

「でも、何があったんですか？」

チズは遠慮がちに訊《き》く。

綱吉が淹《い》れてくれた甘いココアを飲んで、吉井さんからようやく般若《はんにゃ》みたいな顔のこわばりが取れた。

「さっきのは、うちの馬鹿《ばか》亭主なのよ」

「馬鹿……亭主？」

自分から訊いたのだけど、シビアな話になりそうで、チズはどぎまぎした。

犬たちはめいめい好きなことをして遊び始め、綱吉はカウンターの中で胡瓜《きゅうり》のピクルスを作っていた。

「さっきの人が、元の御主人なんですか」

チズは、どんな顔をしていいのか困った。

吉井さんは離婚しているので、正確には馬鹿亭主ではなくて、馬鹿元亭主だ。でも、吉井さんは常日頃から、元夫のことを現役夫のようにいう。実はまだとっても思いが残っているのだと、チズは以前から踏んでいた。

だからといって、あの追跡劇はただごとではない。

きっと、何かがあったのだ。

何もなければ、吉井さんだって、あんな怖い顔で追いかけるはずはないもの。元夫だって、何もなければ、自転車よりも犬よりも早く逃げるわけがないもの。

「息子が、不登校になったのよ」

吉井さんは、詰めていた息を吐き出した。

「蒼汰《そうた》くんが、ですか?」

チズはびっくりした。

吉井さんの息子とは、はなぞのホテルの忘年会やお花見でも会っているから、ひとごととは思えない。

「せっかく受かった高校に行かないなんて、もったいない」

「本当にそのとおりなのよ」

「もしや、いじめとか？」

「そうじゃないの。反抗的なの。不良みたいなの」

「でも、蒼汰くんって素直な子じゃないですか……」

「だめよ、全然」

　他人に見せる顔と、親に見せる顔はちがうのだという。少なくとも、今回の問題に関して、蒼汰は反抗期らしい態度を貫いている。

　吉井さんは本当に困ってしまったみたいだ。

「亭主に相談したけど、お話にならないの。離婚したんだから、それはおまえの問題だなんていうのよ。許せる？」

　それは、いただけないとチズは思う。

「離婚したって、自分の息子じゃないですか」

　チズが憤然というと、吉井さんも怒りがよみがえってきて、テーブルを「ドンッ！」と叩《たた》いた。

　犬たちと綱吉が、びっくりしてこちらを見る。

「ああ、もう～」

　吉井さんは息子のことも心配だけど、元夫のことも許せなくて、心がパンパンになってしまっている。

吉井さんは眉間《みけん》にしわを寄せて、息子のことと元夫のことを、とりとめもなく話した。

「朝はおはよう、夜はただいま、どうしてそういう基本的なことがいえないのかしらね」

「ですよね」

「トイレの便座、用を足したら下げておくくらい、してもバチはあたらないわよね」

「ですね」

その間、綱吉はサンドイッチとワッフルとハーブティをふるまってくれた。

チズには何ひとつプラスになることはいえなかったのだけど、お腹《なか》が満たされるということ――料理上手の吉井さんにしてみれば、他人の作った美味《おい》しいものを食べるということは、気持ちにも効いたみたいだ。愚痴をこぼしては、食べ、食べては愚痴をこぼし、少しだけやわらかい表情になって帰って行った。

「上さま、グッジョブです」

「おチズちゃんも、聞き上手で結構、結構」

「おそれいります」

「ところで、不登校というのは何かね？」

「あ、そうか。上さまは江戸時代の将軍だから、学校とか行ってないんですもんね」

「学校とは、学問所のことだな?」

「ま、そんな感じかも」

「学問所に通わぬのが、そんなに問題なのかな?」

「普通は毎日通いますから、通えない事情があるのは問題です」

「そんな汲々《きゅうきゅう》せんでも、よかろうに」

旗本の悪ガキなどは、学問所などには顔を出さず、遊郭に入り浸り、はては辻斬《つじぎ》りなどしでかす始末だとか。

「そんなの、駄目でしょう!」

チズは、目を丸くした。江戸の初期とは、なんと怖《おそ》ろしい時代であることか。

「だからね、わたしは生類憐みの令をもって優しい世の中をつくろうとしたのだよ」

「そうだったんですか」

綱吉将軍の政治は評判が悪いらしいけど、本当はなかなかの名君なのだ。

「子どもには学校に行けない理由があるんでしょうけど、その理由がわからないと親は心配でたまらないと思います」

「それは、いかん。親不孝は何より罪が重いぞ」

将軍綱吉公は動物も大事にしたけど、それに輪をかけて親孝行な人だ。母親の桂昌院《けいしょういん》に朝廷から従《じゅ》一位という、すごく高い位を受けさせてあげている。どれくらい高い位かというと、最高である正《しょう》一位の次の二番目。女性が受けることの出来る最高の位だ。

これは、今日の文化勲章みたいなものとは、基本的にちがう。桂昌院という人が立派な行いをしたから従一位を授かったというのではない。綱吉が将軍権力にまかせて、ゴリ押ししてもらってあげた。それほどまでに、力ずくで親孝行な人である、というエピソードだ。――名君でも独裁者には変わりないから、無茶もしたようだ。

チズにもお馴《な》染《じ》みの春日局は、綱吉よりちょっと前の時代の人だけど、従二位の位を授かった。この人の場合は、用事があって御所に参内することになったのだが、武家のままでは身分が低すぎるということで、公家《くげ》の養女になり、帝《みかど》に拝謁《はいえつ》した結果で得た官位だ。従二位だって途方もなく高い位だから、春日局は鼻高々だったはずである。

「蒼汰とやら、母御に孝行せぬとはけしからん」

「でも、本当はいい子なんですよ。どうしちゃったのかなあ、蒼汰くん」

チズが難しい顔をしていたら、ドアに取り付けたカウベルがのどかな音を立てた。

顔を上げる間に、足早に入って来た夏野《なつの》さんが、立ち止まって綱吉に会釈《えしやく》した。

夏野さんはＩＴＯの職員で、この時代を担当している。いつもは、はなぞのホテルを拠点にしているのだけど、綱吉が来てからは、将軍カフェにもよく顔を出していた。

「緊急事態です」

夏野さんは、いつもどおり黒いスーツに黒いサングラス、感情の読み取れない声で早口にいった。

「緊急事態？」

ＩＴＯが動くときは本当に一大事であると知っているから、チズはあわてた。

綱吉はカウンターから出て来て、チョロ助をひざに乗せる。

「あわてなさんな」

「徳山さんの保護プログラムの情報がもれたらしいのです。暗殺者が差し向けられた可能性があります」

「ええ、大変じゃないですか！」

チズは、いよいよあわてた。

「だから、あわてずともよい」

綱吉は将軍みたいな口調で、チズをたしなめる。

「いや、徳山さんも少しはあわててください。緊急事態ですから」

夏野さんは、冷静な声でいった。

「しかも、暗殺者は違法タイムマシーンを使っているようなのです。追跡を急いでいますが、違法タイムマシーンの動きはつかむのが難しい。身辺にはくれぐれもご注意ください」

「はいはい、わかりましたよ」

綱吉がマロンパイを出すと、夏野さんは美味しそうに食べてから立ち去った。皿を片付けながら、綱吉がぼやく。

「徳山さんという名は、なかなか慣れないなあ」

綱吉は、まだそんなのんきなことをいっている。

「上さまは、江戸時代からの暗殺者に、心当たりとかないんですか？」

「ありすぎだね」

こころなしか自慢げだ。

「わたしは四男坊だから、まさか将軍を継ぐことになるとは思わなかったんだ」

ところが兄の四代将軍家綱《いえつな》が重病にかかり、次男、三男がすでに亡くなっていたことから、四男の綱吉に跡継ぎの順番が回って来た。

一六八〇年。年号でいうと、延宝八年のことだ。

綱吉は神田の自宅で、一人息子の二歳の誕生祝いをしていた。

「江戸時代の人もお誕生会するんですか？　むかしって数え年だからお正月にまとめてお祝いするんだと思ってました」

「誕生祝いはするよ。息子の生まれた日をスルーなんかできないよ」

そこに江戸城から使者が来た。

――将軍の候補にしてあげるから、至急、江戸城に来るように。

綱吉は「えー」と思った。別に将軍になどなりたくなかったそうだ。

「だって将軍なんて、面倒くさいことばかりだろう」

「上さまがそれいっちゃ、おしまいですよ」

「そうなんだよね。だから、将軍になってからは頑張ったさ。なったからには、半端《はんぱ》なことできないもんね」

頑張ったから敵を作った。理不尽だけど、もっともなことだ。

その敵の第一号が、酒井忠清《ただきよ》という人物だった。

幕府の大老である。

つまり、ナンバー・ツーの実力者である。

その人が、綱吉の将軍就任に大反対した。

綱吉のことを「天下を治める器ではなく、こんな人が将軍になればだれもが困り、悪逆が積もり積もって天下は大騒動になる」といった。

「う〜。失礼な人だなあ」

「そうだよね」

結局、綱吉は将軍になり、酒井忠清はほどなく死んでしまった。

「上さま……ひょっとして……」

チズが親指で首を掻《か》っ切る真似《まね》をすると、綱吉は天井の方を向いて空とぼけた。

「わたしは、知らないよ」

酒井大老の死については、自殺説もある。

それが恨みつらみが残る事件だったとは、歴史や政治に詳しくないチズにも想像がつく。

この大老という役職を、綱吉は重臣の堀田正俊《ほったまさとし》に与えた。

ところが、堀田正俊は江戸城中で刺殺される。

将軍と大老は一心同体の体制だったから、これは綱吉を狙《ねら》ったのと同じことだ。

さらには、綱吉は大名の領地を没収したり、減封《げんぽう》したり、役人たちを免職したり、そして評判の悪い生類憐みの令を発したり、いろいろやった。

どれもこれも、あっちこっちから恨みを買った。

もちろん、良い結果を生むための政策である。だけど、割を食う人が多すぎた。大老の堀田正俊が殺されてしまったみたいに、綱吉の生きた時代には彼をぶっ殺したい人はわんさと居るのだ。

そんな人たちがタイムマシーンを使えるとしたら――しかも、ＩＴＯの管理下にはない違法タイムマシーンなんか使われた日には、暗殺を阻止するなんて不可能に思える。

「違法タイムマシーンというのは、ともすれば異時間に投げ出されてしまうそうだね。そんな危険なものに乗ってまで、来るものかね」

「う～ん、武士って命知らずなんでしょ？」

「いえてる」

綱吉は顔をしかめた。武士とは基本的に、命を粗末にするのが貴ばれる。「武士道と云《い》ふは死ぬ事と見つけたり」なんていった人までいる。

「だからこそ、再三いうけどさ、生類憐みの令を出したわけなのだ。あれは、命の重さを天下に示す法なんだよ」

「ただの動物好きじゃないんですね」

「ただの動物好きってのも、悪くはないけどね」

綱吉は腕組みをして、自分の顎《あご》を掻いた。

徳川家康《いえやす》、秀忠《ひでただ》、家光《いえみつ》、この三代までは幕府の土台を築くことに必死だった。

家光は綱吉の父、秀忠は祖父、家康はヒィ祖父《じい》さんである。

そして、兄・家綱はこれといった仕事をする前に、病死した。

五代将軍として、綱吉は兄の分まで頑張ったのである。天下を戦国体質から平和な社会へと方向転換するために、生類憐みの令のような無茶も必要だった。

「上さまが敵だらけなのは、それだけ頑張ったからなんですね」

「そういわれると、照れちゃうけどね」

綱吉は丸い頬を輝かせて、本当に照れくさそうに笑った。

3

翌日は将軍カフェの定休日だったけど、犬の散歩は毎日欠かせないからチズは出勤である。綱吉は、犬の散歩など配下の仕事だと思っているから、チズまかせなのだ。

――絵でも描いてくるよ。

なんていって出かけて行った。

そんな余暇を楽しむ暇があるなら、犬の散歩くらいしてほしい。せっかく昨日は見直してあげたというのに、結局はわがままな将軍さまではないか。チズは不満をかかえ、十頭の犬たちを相手に、今日もまた散歩三昧だ。

犬たちは近所に住む犬好きの人たちや、店の常連を見つけるのが大の得意だが、この日はチズの方が意外な人物を見つけてしまった。

吉井さんの息子の蒼汰だ。

制服も着ないで、学校とは別方向の常平川《とこひらがわ》の河川敷へと向かっている。

(不登校っていってたの、本当に本当だったんだ)

今は平日の午前八時半。高校生ならば登校時間のはずだ。

まんざら知らぬ相手ではないことが、チズの大人心に火を点《つ》けた。

ここはひとつガツンといってやる。そう思って、蒼汰の後をつけていった。

犬たちも追跡する気まんまんで、「ワン」なんていうでもなく、チズを先導する。

……といっても、常平川の河川敷は、元から犬たちの散歩コースなのであるが。

広い河川敷には、ホームレスのものらしいテントが一つ張ってあった。

そこに人の姿は見えない。

対岸の景色を前に、イーゼルを立てた絵描きが一人、絵筆を握っていた。

（んん？　あれ、上さまじゃない？）

千鳥格子《ごうし》のスーツに、コールテンのハンチングをかぶった小柄なおじさんは、ほかならぬ綱吉だ。

それよりずっと手前に、少年が居た。制服を着ている。

その少年の居る方に、蒼汰がずんずん大股で歩いて行くのである。

（なんか……）

チズがいやな空気を感じ取ったとき、待っていた少年が蒼汰に向かって突進した。

頭を下げたまま、蒼汰の腹に飛び込んでくる。

「わあああああ――」

と、少年が叫ぶので、水辺に居た綱吉も気付いた。

呆気《あっけ》に取られて、少年たちを見る。

蒼汰は相手の頭突きを食らって、後方にふっ飛んだ。

頭突き少年の方は、やっぱり後ろに飛びのいて、次なる攻撃の姿勢に入る。

「やめなさーい！」

チズが叫んで駆け出した。

犬たちも、楽しくてたまらなくなって先を争って走り出す。

しかし、それより先に川べりの綱吉が駆け出していた。

綱吉はすごく脚が短いので、キャタピラーが回っているように見えなくもない。というか、昔のギャグマンガで、足をぐるぐるさせて走る描写そのものだ。

「やめい、やめい、やめーい！　喧嘩《けんか》は、あいならーん！」

綱吉は、興奮のあまり将軍言葉になっている。

時代劇言葉のおじさんとか、犬とか、チズとかに、よってたかって駆けて来られて、少年たちはきょとんとした。

綱吉はそんな二人の間に入ると、両手両脚を開いて、喧嘩を阻止する。

「暴力沙汰《ざた》とは、愚かなり！」

綱吉の声は腹にびんびん響く。

親にだって学校の先生にだって、こんな声で怒鳴られたことはないだろう。

少年たちの戦意は完全に消え失《う》せたみたいだ。

それを見てとった綱吉は、胸を張って歩き出した。

「一同の者、来ませい！」

まだ茫然《ぼうぜん》自失している少年たちに、チズは手招きをした。

「付いて来いって」

チズの声を聞いてわれに返った蒼汰は素直にしたがったけど、相手の少年は猛ダッシュで逃げてしまった。

その後ろ姿に、綱吉がまた大声を浴びせる。

「待たぬか、痴《し》れ者めが！」

でも、喧嘩相手の少年の姿はもう消えている。

蒼汰はそっちよりも綱吉を見て、それからチズに尋ねた。

「なんで、昔の言葉なの？」

「う〜ん。時代劇オタクなんだな」

そういって視線をおよがせたとき、離れた場所のテントから、男が上半身だけ出してこちらを見ているのに気付いた。見ているというよりは、睨《にら》んでいるという感じだ。

蒼汰たちの喧嘩のせいで、睡眠の邪魔でもされたのだろうか。恨みがましい気持ちがビンビン伝わってくる。

上空から鷹《たか》みたいな大きな鳥が降りて来て、テントの上にとまった。小型犬なんか、ペロリと食べてしまいそうな猛禽《もうきん》だ。

チズは怖くなって、いそいで綱吉たちの後を追った。

いつも能天気な犬たちは、相変わらずご機嫌で付いて来る。

＊

将軍カフェにもどると、『ＣＬＯＳＥ』の札を掛けた店の中で、綱吉が蒼汰に椅子《いす》を勧めた。

「そこに座りなさい」

「……はい」

「蒼汰くん、朝ごはん食べたの？」

「……いいえ」

蒼汰がかぶりを振るので、チズはちょっとショックを受けた。というか、吉井さんの代わりに愕然《がくぜん》とした。

食事の用意は吉井さんのアイデンティティともいえる。天下一、おいしいごはんを作るからだ。それを食べずに外出するなんて、作った吉井さんはどれほど気落ちしただろう。

「ここでは、何も食べさせないからね。おうちに帰って、おかあさんの作ったごはんを食べなさい」

チズが厳しい声でいうと、怒られた意味を悟った蒼汰はふくれっ面《つら》をした。

「さて、話を聞こうか」

綱吉が落ち着いた、しかし逆らえない調子でそういった。

蒼汰は、自分の沈黙が苦しくなったようで、口をもぞもぞと動かした。

「ていうか……何を……」

「正直にね。おかみにも、慈悲はあるぞ」

「は……はあ」

綱吉はさすがに征夷大将軍《せいいたいしょうぐん》だけあって、静かな声の中に有無をいわせぬ強さと、不思議な包容力があった。

蒼汰は綱吉にもチズにも目を合わせられないまま、精一杯の反抗心を込めて、とぎれとぎれに話し出す。

それによると、さっき喧嘩していた相手は蒼汰の親友であるらしい。

「親友と、なんだってあんなひどい喧嘩をしたの？」

「喧嘩じゃないよ。決闘だよ」

「決闘？」

チズも綱吉も唖然《あぜん》とした。

現代を生きるチズにも、江戸時代から来た徳川将軍にも、決闘というのは、あまりにも非日常的なことだったのだ。

「決闘って、勝った方の名誉が守られるってヤツだよね」

「勝った方の主張を通すことにしたんだ」

蒼汰と親友は互いに相反する意見を持ち、衝突した。

それは、決闘でもしないことには決められない、二人とも一歩も譲れない主張だったらしい。

彼らに起こったことは、実は甘酸《あまず》っぱい青春の物語であった。

親友が好きな女の子に、蒼汰が告白されてしまったのだ。

蒼汰は親友への義理で懊悩《おうのう》し、とうとう不登校になってしまった。

「蒼汰くんの不登校って、そういう理由だったわけ？」

「恋と友情の板挟みか。つらいところだな、若者よ」

申し訳なく思った親友は「彼女と付き合えよ」と勧めた。

蒼汰は「おれを見損なうな！」と怒った。

思いやりを無下にされた親友も怒った。

二人は決闘によって決着をつけることにした。

「蒼汰くん、それ変だよ。決闘で物事を決められたのは、何百年もむかしの話でしょ」

「いや、男とはそういうものなのだ」

綱吉は自信たっぷりにいう。

男論を持ち出してきて肯定されたので、蒼汰は少し嬉しそうな顔をした。

「おかあさんも、全然わかってくれないんだ」

「女なんて」

「上さま、それ、ちょっと聞き捨てなりませんけど」

二人が女性差別的な方へと話を向けるので、チズは腹を立てた。

「それで、決闘でどんな決着をつけようとしたのよ？」

「うん……」

親友が勝ったら、蒼汰は学校に戻って花村さんと付き合う。花村さんというのは、親友が好きになった彼女、蒼汰のことを好きになってしまった彼女である。

蒼汰が勝ったら、高校を辞める。

「なっ……」

チズが絶句する。

「退学は駄目だよ」

綱吉も即座にいった。

蒼汰としては話のわかるおじさんだと思っていたので、急に「駄目だよ」なんていわれて、身がまえた。

でも、命を狙われるほど敵に囲まれて暮らして来た征夷大将軍にとって、高校生の反抗など、なにほどのこともない。

綱吉は短い腕を組んで、お説教モードになった。

「きみは、決断力のある男のようだ。しかし、それは短絡的という言葉でいい替えられる類《たぐい》のものなのだよ」

「短絡的？」

蒼汰は心外そうに繰り返す。

「男に二言はない。それは大切なことだ。男たるもの、やがて家庭でも社会でも、重要な立場を担《にな》うようになる。そんな人物がコロコロということを変えていたのでは、周りは迷惑でたまらないからね」

別に男に限ったことじゃないよと、チズは反撥《はんぱつ》する。

たとえば、である。今夜はステーキにするから早く帰って来てねといった主婦が、いざ夕飯を作る段で野菜炒《いた》めに変更なんてしたら、期待に胸を膨らませて帰って来た家族はガッカリだ。……ってことだって、あるじゃないか。でも、こういう主張は話を脱線させそうなので、発言はひかえることにする。

綱吉は続けた。

「短絡的でまちがった決心を、突き進めばどうなると思う？」

「え……」

「きみは、浅野内匠頭《たくみのかみ》を知っているかな？　理由も明かさず、だれにも相談もせずに、江戸城の中で刀を抜いて上司に斬りかかった男だ。芝居では、彼は悲劇の主人公ってことになっているが、わたしにいわせれば短絡的の最たるものだ。おかげで家臣は路頭に迷い、あまつさえ、江戸城の刃傷《にんじょう》沙汰の被害者を再度襲わせるなどという不幸を招いてしまった」

「忠臣蔵のことですか？　年末時代劇で観たことあります。討ち入りして盛り上がってましたけど」

「冗談じゃない。あれは家宅侵入、集団暴行による虐殺《ぎゃくさつ》だ！　殿さまが変な決心をしたせいで、死ななくてもいい人たちが大勢死んだのだ！」

綱吉は鼻の穴を丸くして憤慨の息をはいた。

「蒼汰くん、分別を持たなければいけないよ。友だちの想い人に慕われたとは、確かに面倒なことになったものだ。だけど、そこで過剰な男気を発揮して、せっかく合格した高校を中退するだの、学校に行かないだの、そんなまちがった決心はしてはならないんだ。きみの友人の立場になって考えてみなさい。失恋したうえに、親友にそんなことをされて、彼は平気で居られると思うかね？　きみよりも、一層不幸になるじゃないか」

それはいえてる。さすがに上さまだと、チズは思った。

「だけど、おれ、どうしていいのかわからないんだ」

「普通にしていたら、いいじゃない。蒼汰くんが彼女のことを好きじゃないなら、お付き合いはお断りしたらいいし」

「好きじゃないわけじゃない」

蒼汰が怒ったようにいう。

その顔を、チズはまじまじと見つめた。

「ふむ」

「な……なんですか？」

「悩んで悩んで悩んで悩もう。それで出た答えが正解なんだよ」

「ひとごとだと思ってますよね」

にらんでくる蒼汰を見ていたら、チズはなんだか嬉しくなった。いわれなくたって、この子は悩んで悩んで悩むのだ。そして、きっと答えを出すのだ。べつにチズ一人が、恋愛でグズついているわけじゃない。ここにも仲間がいるのである。

（そうさ、ひとごとさ。だけど、すごく大事なひとごとさ）

そんなことを思いながら、ふと窓に目をやった。

そこには、変なヤツが居た。窓からこちらを覗《のぞ》いているのである。

黒いジャージを着た、目付きの鋭い男だった。さっき、常平川の河川敷で見たホームレスだ。

「………」

チズが見つめていると、男はそそくさと立ち去った。なんともいえない不安が、胸に広がる。蒼汰たちの決闘に居合わせた相手なのだ。こんなところまで追いかけてくるなど、いったい何のつもりなのか。もしも蒼汰の身に危険がおよんだりしたら、チズは吉井さんに顔向けできない。

4

翌日も、蒼汰は将軍カフェにやって来た。

綱吉のお説教が効いて、『親分』と見込んでしまったらしい。吉井家には父親が居ないので、頼りがいのある大人の男ってのに、グッときたみたいだ。

だったら、聞き分け良く学校にもどれといいたいところだが、そんな簡単にはいかないらしい。難しい年ごろとは、よくいったものだとチズは思う。

そして、綱吉は今日も外出していた。今日は珍しく、犬の散歩を買って出た。

どうやら次のスケッチのポイントを探すために、常平川河川敷を歩きたかったようだ。綱吉は将軍時代から絵が好きで、自分で描いたものを江戸城に飾ったり、要人にプレゼントしたりしている。

よっぽど興が乗ったのか、綱吉はいつまで経《た》っても帰って来なかった。

開店時間が近づいて、チズは焦《あせ》り出した。将軍カフェの食事メニューは、綱吉でなければ作れないのだ。

時計の針がどんどん進み、犬たちだけが帰って来たとき、チズの焦りは恐怖に近い不安に変わった。

——徳山さんの保護プログラムの情報がもれたらしいのです。暗殺者が差し向けられた可能性があります。

夏野さんの声が、脳裏によみがえった。

そもそも、綱吉は暗殺から逃れてこの時代に来たのである。その情報が、敵にもれた。今までのんきにしてきたけど、絵なんか描いている場合じゃなかったのかもしれない。

「十兵衛《じゅうべえ》！　武蔵《むさし》！」

チズはカフェの中でも強そうな、シベリアンハスキーと秋田犬の名前を呼んだ。

二匹は利口そうな顔ですっ飛んで来る。その首にリードを着けながら、チズは胸騒ぎを無理にも飲み込んだ。

「上さまを探してくる」

「え、おれも行くよ」

「駄目だよ。危険かもしれないもん」

「だったら、なおさら桜井さん一人で行かせらんねーじゃん」

蒼汰は即座に武蔵のリードをつかんで、先に立った。

向かう先は、常平川の河川敷である。

チズと蒼汰は、犬たちにひっぱられるようにして走った。

理容店の角を曲がり、児童公園を抜けて坂を降りる。

猛禽の鳴く声がして、急に空が暗くなった。胸騒ぎが雲と同じに膨らみだす。

果たして。

綱吉は河川敷に居た。

そこにテントを張った、あの目付きの良くないホームレスと戦っていた。

「えええ？」

それは、あまりに唐突な光景だった。

二人は日本刀を持って、じりじりと押し合い、振り下ろし、飛び下がり――その様子は決闘そのものだった。テレビ時代劇で観た宮本武蔵対佐々木小次郎と、まったく同じことをしている。

ホームレスは黒いジャージの上下を着ていて、綱吉は千鳥格子のスーツだけど、二人の発散する緊迫感はどんなスポーツよりすさまじかった。

「何やってんですか！　銃刀法違反じゃないですか！」

「二人とも、やめてください！」

「ちょっと、ちょっと、蒼汰くん、危ないってば！」

蒼汰が斬り結ぶ二人に向かって飛び出したので、チズは悲鳴を上げた。

折しも、稲妻が空を裂いた。

轟音《ごうおん》と同時に、突然の雨が下界にたたきつける。

抜刀した二人は、飛び込んで行った蒼汰をかばうようにして、調子を狂わせた。

蒼汰も突き飛ばされて転び、石でひざを切った。

血が噴き出すのを見て、チズは完全に平静を失った。

「もう――もう！　あなたたち、やめろっていってるでしょー！」

しかし、武士二人はまだやる気満々なのである。チズは蒼汰をかばいながら、本当に頭にきて大声をあげた。

「暴力にうったえる人は、馬鹿です！」

だけど、無視されてしまう。

「江戸からの刺客《しかく》とはそなたのことか。なにゆえの遺恨じゃ」

綱吉が問い詰めると、

「覚えがないと申すか、この犬公方《いぬくぼう》めが――」

敵がカッカして叫ぶ。

そして、甲高い金属音が響き、再び斬り結んだ時である。

みょいーんという触手のようなものが伸びてきて、二人の刀に絡《から》みついた。

それはまことに変なものであったため、その場に居る四人は一様に啞然とした。

みょいーんはチズの背後から生えてきていて、振り返ると、ＩＴＯの二人が、サングラスを鈍く光らせてピンク色の機関銃みたいなものをかまえていた。

夏野さんと五十嵐《いがらし》さんだ。

五十嵐さんは夏野さんの同僚で、やっぱり鋼《はがね》のように冷静沈着なイケメンである。

で、肝心のみょいーんだが。

機関銃の銃口部分が人間の口みたいな形になっていて、みょいーんはそこから伸びている。どうやら未来の武器――いや、防具らしい。

刀を捕らえたみょいーんは、みょんみょん伸びて、戦う二人から刀を奪い取った。

日本刀は弧を描いて宙を舞い、五十嵐さんたちに取り上げられてしまう。降りしきる雨のせいで、みょいーん銃は深海生物のようにも見えた。

「ここまでだ」

抜き身の刀を下げた五十嵐さんは、歌舞伎《かぶき》役者のようにずずいっとこちらに踏み出す。

「戸坂源五郎、時空法違反で逮捕する」

トサカゲンゴロウ？

チズは目をぱちくりさせて、逮捕された人を見た。

目付きの鋭いホームレスは、戸坂源五郎という名前だった。

江戸時代から、違法タイムマシーンで現代に来たらしい。

五十嵐さんが、戸坂に手錠を掛けて連行した。

夏野さんは、蒼汰の怪我《けが》を見てから、雨の降りしきる空をあおいだ。

「ひどい雨ですね。とりあえず、あのテントに連れていきますか」

武蔵と十兵衛が、心配そうに鼻を近づけてくる。

チズたちは蒼汰に肩を貸して、戸坂源五郎の仮住まいへと避難した。

夏野さんはバッグからミネラルウォーターの入ったペットボトルを取り出すと、蒼汰の傷を洗う。犬たちもテントに入って、二頭ならんで行儀よくこちらを見守っていた。

夏野さんは白いハンカチを斜めに折りたたんで、傷をしばる。

「あの人が、暗殺者なんですか」

「そうです」

夏野さんが冷静にうなずき、チズは今さらながらに全身が震えてきた。

「大丈夫ですか」

「……大丈夫じゃないかも……」

侍同士の斬り合いなどに遭遇してしまい、思い出すだけでもうなされてしまいそうだ。

「違法タイムマシーンの斡旋《あっせん》業者の存在が浮かび上がっています。戸坂にタイムトラベルをさせた黒幕です」

夏野さんはそういった。蒼汰は母親がはなぞのホテルの従業員なので、事情がわかっている。それに今回は当事者として怪我を負ったほどなので、隠すよりも経緯を話すべきだと判断したようだ。

「しかし、その違法タイムマシーンが見つけられず、苦慮しています」

「むむむ」

「かつて、綱吉将軍は鷹狩を禁じたため、鷹匠《たかじょう》たちは仕事を失いました。戸坂源五郎はそんな鷹匠の一人だったのです」

「上さま、敵が多いとは聞いていたけど――」

チズはおそろしそうにいった。

となりで聞いていた蒼汰は、応急手当をされながら「うん、うん」とうなずく。

「マスターのいっていたとおりだ」

マスターというのは、将軍カフェのマスター、つまり綱吉のことだ。

「何かを決めるということは、大変なことなんだな」

「そうだね」

傷の手当が終わった蒼汰が、背後にあったソファに腰を下ろした。戸坂という人は、テントにソファなんか運び込むなんて、ちょっと変わっているとチズは思った。

どこかなつかしい感じのするウサギのデザインのクッションが、背もたれに立てかけてある。何かのキャラクターグッズなのかもしれないけど、少しも可愛《かわい》くない。そのゆるさが気に入ったこともあり、チズもまた、何の気なしに蒼汰と並んで座る。

その瞬間である。

視界が白い靄《もや》に包まれた。

「え？　なに？」

ガチャガチャという、金属部品を掻きまわす音が続いたかと思うと、全身を紙やすりでこすられるような異様な不快感に包まれた。

それがやむと、チズたちはＳＦ映画のような風景の中に居た。

タイムスリップしてしまったのだ。

違法タイムマシーンは、ウサギちゃんのクッションを置いたあのソファだったのである。

思えば、はなぞのホテルのタイムマシーンもまた、ソファであった。

おそらく、はなぞのホテルの旅行室で時空を超えるのは、もっと快適なはずだ。さすがにもぐりの代物《しろもの》だけあって、違法タイムマシーンは使い心地も悪いということなのだろう。

＊

チズたちが出現したのは、S市I区の住宅街だった。

UFOみたいな未来的な家々が建ち並ぶ中に、一軒だけ昭和の空気を漂わせた日本家屋があった。

生垣越しに覗くと、前庭にはツツジやツゲの植え込みがあり、石灯籠《いしどうろう》が置かれて、母屋《おもや》は瓦《かわら》屋根に板張りの外壁、縁側があるのもなつかしい。

「ここ。おれん家《ち》だよ」

蒼汰がそういって指さすのは、表札代わりに当主の名を書いた赤い郵便受けである。

そこには、吉井蒼汰と書いてあった。

やっぱりここは未来だ。蒼汰が一家の大黒柱として、表札に名前を掲げる時代なのだ。

「これ、玲央《れお》！　どこに行ってたの！」

吉井家から出て来た中年婦人が、いきなり蒼汰の頭をぺしゃりと叩いた。

吉井蒼汰という人物は年をとってしまっているから、過去から来た高校一年生の蒼汰は彼の曾孫《ひまご》とまちがわれたらしい。

そして、中年婦人は、チズのことまで学校の先生とまちがえた。顔もそうだけど、粗《そ》忽《こつ》なところまでどこか、吉井さんに似たおばちゃんだった。

吉井蒼汰は、よぼよぼのおじいさんになり果てていた。

御年、なんと百歳。——もっともっと長寿社会になった未来でも、さすがに老衰で今まさに息を引き取ろうとしている場面なのである。

蒼汰となぜかチズまで、その臨終の場に連れていかれた。

息子、娘、孫たち、曾孫たち、息子の嫁、娘の旦那《だんな》、孫の嫁と旦那たちが、釈迦涅槃《しゃかねはん》図《ず》のように集まっていた。蒼汰がまちがわれた少年もいる。

その中央に布団《ふとん》が敷かれて、老人が仰臥《ぎょうが》していた。

「あのじいさん、ひょっとして、おれ？　げげー。すげー年寄り。ねえ、すご過ぎない？　おれ、ああなっちゃうの？」

八十四年後の自分を見て、蒼汰は直情径行な感想を述べた。蒼汰にしてみれば、自分が自分のことをいって何が悪いというつもりだったんだろうけれど、チズは身内一同に聞こえたら袋叩きにあうんじゃないかと、びくびくした。

しかし、皆の意識は、蒼汰老人の枕辺《まくらべ》にぺたりと正座した老婆《ろうば》へと向いていた。その人は髪の毛が真っ白で、茶色のワンピースに黒いカーディガンをはおり、しわしわの手で、しわしわな蒼汰老人の手をにぎっていた。

「おとうさん」

と、その人はいった。蒼汰老人の妻なのだ。

蒼汰は自分の嫁の将来の姿を見て、もはや声も出ない。死にかけた自分よりも、妻になった人の老いた様子が百倍くらいショックだったようだ。

蒼汰の奥さんは、まだ少年の蒼汰に見られているなんて夢にも思わず、今まさに遠くへ行ってしまおうとする夫に向かって語りかけている。

「長い長い付き合いでしたね。いろんなことがありましたね。笑っているばかりじゃなかったけど、それでもわたしには楽しい人生でした。今になって思えばあっという間でしたね。でも、やっぱり長かったですよ。どうやら、おとうさんが少しだけ先にあちらに行くみたいだから、わたしの行く場所も空けておいてくださいね。向こうでまた、料理やお掃除をしましょう。おとうさんも、たまには庭の草取りなんか手伝ってくださいね。おとうさんのおかげで、本当に良い人生でした――」

それを聞いていた蒼汰が、一同の後ろで愕然とつぶやいた。

「花村――」

チズのとなりで、蒼汰が目を見張っている。

「どうしたの？」

「だから――その――おれたちが決闘した原因の彼女」

花村ののか。

愛と友情のはざまで蒼汰が人生のレールを踏み外しそうになった、その当事者である少女が、百歳のおばあさんになって目の前に居る。チズは身が震えるような感動を覚えた。

「すごい……。蒼汰くん、彼女と結婚したんだ」

老人の蒼汰は手をもたげ、ののかばあさんの頬を撫《な》でようとしたけどちょっと無理で、しわしわの腕を親指で撫でる。そして、それが最後になった。蒼汰老人は力尽き、その腕は重力のまま、布団に落ちた。

「おとうさん！」

「おじいちゃん！」

「ひいおじいちゃん！」

集まった一同が、めいめいの喪失感をかみしめ、蒼汰老人を送った。

「行こっか」

「うん」

チズと蒼汰はこそこそと部屋を出ると、再び吉井家の古びた構えの前に立つ。サンタクロースみたいに、蒼汰老人の霊が屋根の上から出て来やしないかと思ったけど、もちろんそんなことはなかった。

ぽんと、肩を叩《たた》かれる。

振り返ると、夏野さんが居た。

見慣れた黒いスーツに、真っ黒なサングラスをしている。

傍らには、未来っぽいデザインのワゴン車が停まっていて、チズたちは後部座席に乗ってはなぞのホテルに運ばれた。その途中、夏野さんが説明してくれる。

「戸坂源五郎はタイムトラベルに関する記憶を抹消して、江戸時代へ送還されました。徳山さんのたっての望みで、不起訴処分となったんです」

「あたしたちが座ったアレは、やっぱりタイムマシーンだったわけですか？　ウサギちゃんクッションの載ってたあのソファですけど」

「そのようです」

夏野さんは、怒ったように冷たく答えた。

「なにせ、動作の記録も残らない滅茶苦茶《めちゃくちゃ》な機械だったので、お二人を捜すのには苦労しました。一ヵ月間捜索を続けてようやく見付けまして、あなた方がタイムスリップした直後に迎えに来たというわけです」

「それは、何というか……おそれいります」

「お手数かけました」

チズたちは、ぺこぺこと頭を下げる。

クルマを降りた場所は駅近くの繁華街から延びた路地の一角で、場所はよく知る通りだけど、風景はがらりと変わっていた。

となりの地方劇団の稽古場《けいこば》は、合気道の道場に代わり、眼医者のあった場所は月極《つきぎめ》駐車場になっている。

そして、未来のはなぞのホテルは、平成風のそっけないビルに変わっていた。時空ホテルについては『ひと昔前のレトロな建物』というのが、時空法に定められた規定のようだ。この時代からしてみたら、平成晩期の建物が、それにあたるのだろう。チズには無味乾燥な平凡な眺めで、自分の知るはなぞのホテルに比べたら実に味気ない気がする。そんな八十四年後のはなぞのホテルには、もちろん支配人も吉井さんもチズも働いていなかった。

「旅行室をお借りします」

夏野さんがいうと、この時代の支配人がうやうやしい態度で通してくれた。痩《や》せて背高な人だけど、髪型から靴まできちんと整っている洒落者《しゃれもの》加減が、時空ホテルの支配人っぽい。

「あ、旅行室はむかしのままなんですね」

重厚な洋間の真ん中に、ゴブラン織りの布を張ったソファが置かれている。はなぞのホテルのタイムマシーンである。

「二人とも、せーの、で、腰かけてください」

夏野さんが声をかける。

「わかりました」

「いきますよ。せーの、はい!」

三人そろってソファに座るとき、蒼汰はチズに耳打ちする。

「おれ、やっぱり学校やめるのを、やめる。花村と付き合う——かもしんない」

「うん。違法タイムマシーンもたまには、いいことするね」

そんな会話を乗せて、はなぞのホテルのタイムマシーンはチズたちを元居た時代へと運んだ。

第二章　純愛喫茶

1

人見《ひとみ》尊《たける》と見合いをしてからもうすぐ半年である。

千葉市で公務員をしている尊は、ちょくちょくチズを訪ねて来る。はなぞのホテルから将軍カフェに出向しても、やっぱりマメにやって来る。前もって連絡してくるときもあるし、突然顔を見せることもある。

いつも、顔中で笑っている人だが、将軍カフェに居るときは、その笑顔が少し引きつっていた。尊は少しばかり、犬が苦手のようだ。

将軍カフェの犬たちは、どの子も、保健所から保護されて来た。不安とか孤独とかでつらい思いをしてきた犬たちだけど、こっちには稀代《きたい》の愛犬家・犬公方《いぬくぼう》の綱吉が居る。犬たちの悲しみは一日か二日で氷解し、あとは人間への愛情だけが残った。

綱吉と居れば、常に満たされる愛情。征夷大将軍《せいいたいしょうぐん》という、この上もないボスを得たほまれ。だから、将軍カフェの犬たちは寛容で慈愛に満ちている。ちょっとくらい犬が苦手なお客が来たところで、「くんくん」と親愛の情を示してひざの上に乗ることだってやぶさかではない。

そんなわけで、尊は将軍カフェに来るたびに十頭の犬たちに熱烈歓迎される。顔をなめられ、足元にまとわりつかれ、だっこを要求される。

チズはここの犬もどこの犬も愛しているという点では、綱吉の良き弟子である。だから、犬が苦手な尊の苦労はわからない。わからないながらも、大変そうだなあと、少しは思うのだ。今度は自分の方から、尊の住む千葉へと出かけて行くべきではないか。なにしろ、千葉にはチズの実家もあるのだ。

しかし、問題はこの実家なのである。

娘の結婚原理主義者の両親は、こちらの顔を見ると、尊との結婚を急《せ》かして身の置き場もないくらいにうるさいのだ。

「チズさんは、猫派より犬派？」

わざわざ千葉から来て、苦手な犬の背をおっかなびっくり撫《な》でながらも、尊は実に他愛《わい》のないことを話す。

チズも子どもじみて真面目《まじめ》だから、訊《き》かれたことには直球で答える。

「犬も猫も鳥も亀《かめ》も魚ももぐらも、皆愛してますよ。動物は悪いことを考えないから、皆愛《いと》しいです」

人間に対しては「愛している」なんて照れくさくていえないチズだが、動物になら何のてらいもなくいえる。不思議なものだ。

「動物になりたい」

尊がぽつりといった。

「でも、ぼく、人間だからその資格ないかも」

「悪いことを考えたわけですか？」

「ＳＮＳで意地悪なことを書かれて、こんなヤツ、禿《は》げてしまえと思ってしまいました」

「あははは」

チズは声に出して笑った。

シベリアンハスキーの十兵衛が、真似《まね》のつもりか遠吠《とおぼ》えをする。それが狼《おおかみ》みたいで、尊が真顔で怯《おび》えた。

「人見さんって、意外に邪悪だなあ。でも、思うだけなら自由ですよ。あたしなんか、心の醬油《しょうゆ》注ぎというものがありまして、前の職場でセクハラやアルハラに遭うたびに、空想の醬油を上司の頭に掛けてました」

「あははは」

尊も笑う。十兵衛も笑う。

「それはまた凶悪な」

尊はイケメンで、最初はなかなかリラックスして話せる相手ではなかった。最初に会ったお見合いの席では、チズは一言も発することができず、ひたすらショートケーキのフィルムをフォークに巻きつけ、ほどき、また巻きつけ、ほどき、という意味のない永久機関みたいになっていたものだ。

それが、今となっては、親友のカンナと同じほど、気安い相手になっている。尊と他愛ないことをいって笑っていると、この上もなく楽しい。尊になら、何だって話せる。

しかし、そんなチズはのんき過ぎると、両親は脅すのである。

――もちろん、はなぞのホテルに関する守秘事項は別として。

――あんたと結婚したいから、せっせと会いに行くのよ。それをごまかしてもてあそぶなんて、悪いと思わないの？　呆《あき》れられて、嫌われたらどうするの？

チズは決して、尊をもてあそんでいるわけではないのだ。

尊のことが好きだ。

それが十兵衛たちを好きなのと、種類が同じ「好き」なのか、それとも世界でたった一人の男性に向けた「好き」なのか、チズはまだちょっとわからないのである。

加えて、チズは今の仕事を辞めたくない。将軍カフェも、はなぞのホテルも、あまりにも愛着のある職場だ。結婚してこの街を出るなら、自動的に退職願を出すことになってしまう。それはなるべく後回しにしたいのだ。

そんな思惑を胸に秘め、チズは尊をもてあそんでいる——ことになるのだろうか？

「あ、そろそろ新幹線の時間だ」

尊は残念そうに席を立つ。犬たちも名残惜しそうにその姿を見上げた。

「チズさんは、まだしばらくこちらのカフェに？」

「その予定です。また遊びに来てくださいね」

「もちろん、また来ます」

感じの良い笑顔を残して、尊は帰って行った。

入れちがいに店の戸を開けたのは、夏野さんだ。

いつものように隙《すき》のない動作で正確な靴音を刻んで、夏野さんは入ってくる。

チズの前で書類ケースを開けると『大空不動産』というロゴを印刷した封筒を差し出してきた。大空不動産というのは警察官のいう『桜田商事』（＝警視庁）みたいなもので、ITOのことを指している。ITOの存在は、時間旅行が一般化していない時代では、機密扱いだからだ。

中の書類を引っ張りだしてみると、健康診断の問診票だった。

「記入しておいてください。明後日《あさって》、回収に参ります」

「何ですか、これ？」

「桜井さんは違法タイムマシーンで時間を超えてしまったので、健康に悪影響が出ていないか、念のための検査が必要なんです」

「へーえ。どうも、ご親切に……」

ありがたいというか、面倒くさいというか。

「それから、こちらも」

B4判のカラー刷チラシを渡された。

犯罪者の指名手配書だ。

「それらしき人物を見かけたらただちに連絡をもらえますか？」

「わかりました」

用事はそれだけだったらしく、夏野さんは犬たちの頭を一頭につき正確に三回ずつ撫でると、来たときと同様にてきぱきと退出した。

テーブルクロスを洗濯していた綱吉が、店に戻ってくる。夏野さんの後ろ姿を見送って、感心したようにいった。

「夏野くん、忙しそうだね」

「はい。違法タイムマシーンがますます横行して、異時間に投げ出されて行方不明になるという事件が多発しているらしいですよ」

だから、ITOは神経をとがらせているし、大忙しなのだ。

チズは夏野さんに渡されたチラシに目を通した。西部劇に出てくる悪漢の告知みたいに『WANTED』なんて書いてあって、物々しい。そのわりには、気の好《よ》さそうな端正な青年の顔写真が印刷されてあった。

「咎人《とがにん》の人相書きかね？　時代が変わっても、天下は物騒だなあ」

綱吉はあつらえたばかりの老眼鏡を出して、指名手配書の記載をしげしげと眺めた。

「なになに……妻を違法タイムマシーンに乗せて、異時間に放り出した？　うーむ、悪党だな。犯人の名前は、菊田光雄《みつお》。キクタ・コーヒーチェーンの婿《むこ》養子、か。おチズちゃんは、キクタ・コーヒーチェーンって知っているかい？」

「はい。今は屋台のコーヒー屋さんなんだけど、将来は大繁盛《だいはんじょう》のレストランチェーンになるらしいんです。えーと、この犯人は西暦二一二四年から来たってことは、レストランの経営が軌道に乗って、菊田家が大金持ちになっているころですね」

「屋台のコーヒー屋から大繁盛のレストランチェーンか。大した立身出世ではないか。おチズちゃん、今日は店が終わってから、そのコーヒー屋台に行ってみよう」

「本当にただのコーヒー屋さんなんですよ。食べ物とか一切なしですから」

コーヒーの味がわからないチズには、あまり楽しい店ではなかった。ただ、屋台のお店なので、ままごと遊びの中に居るような面白みはあるのだが。

＊

綱吉と二人でキクタ・コーヒーを訪れたのは、遅い夕暮れ時だった。

住宅街を流れる川沿いに、屋台のオレンジ色の明かりが青いうすい闇《やみ》を照らしている。

この川は常平川のような一級河川ではなくて、お城があったころのお濠《ほり》の跡だ。両岸に桜の並木があり、少し前までは満開で、とてもきれいだった。チズが毎年開花シーズンを楽しみにしている、S市のかくれた名所である。

さりとて、その辺りは桜の季節でなくても、四季を通じて趣きのある場所だった。

一軒一軒の家の敷地はせまいのだけど、瓦《かわら》屋根の住宅が多くて、遠く過ぎてしまった時代を思い起こさせる。

そこでひっそりと営んでいるキクタ・コーヒーは、やはり風景の中に溶け込んだ気持ちの良い店だった。

移動仕様のテーブルが三つ、椅子《いす》はそれぞれ四脚ずつ。

ランプを灯《とも》して、オレンジ色の明かりが遠くからぼんやりと浮かんで見える。テーブルには、一輪挿しにツユクサとか紫苑《しおん》とか、道端で摘んだみたいな花がいけられていた。

屋外だから四方八方から自然の風が揺らいで、いわば野点《のだて》のコーヒーである。

政治家であると同時に一流の文化人だった綱吉は、この雰囲気が大変に気に入ったようだ。江戸時代の人だから、炎の明かりがやはりホッとするのだろう。

「いいね。おチズちゃん、ここいいね」

綱吉が「いいね」を連発するので、店長が相好《そうごう》をくずした。

「おそれいります」

キクタ・コーヒーの創業者である店長はスキンヘッドに手ぬぐいをかぶった、ガテン系のおにいさんである。髭面《ひげづら》で、山賊みたいな人だ。背丈は一九〇センチもあるので、小柄で洒落者《しゃれもの》おじさんの綱吉と並んだら、あまりにでこぼこで、それだけでちょっと笑いたくなった。

「ブレンドをくださらんか。連れの者には、ミルクと砂糖を余分に頼みます」

「かしこまりました」

いっしょに働いているのは、店長の婚約者の佳乃《よしの》さんという人だ。目が小さくて、鼻が小さくて、口が小さくて、それがあるべきところに配置されているので、お人形みたいに可愛《かわい》い顔をしている。二人とも、よく笑う。店長は豪快に笑い、佳乃さんはクスクス笑う。感じの良い二人だ。

屋台のコーヒー屋というユニークさと相まって、店長と佳乃さんの人柄が常連を増やしている。だけど、この小さなコーヒーだけの店が、将来全国区のレストランチェーンになるなど、チズはたまたま知っているけど、お釈迦《しゃか》さまでもわかるめえって感じだ。

「コーヒーも美味《うま》い。湯加減、濃さ、味わい、完璧《かんぺき》だ」

綱吉は江戸時代の人なのに、コーヒー通である。キクタ・コーヒーのブレンドがいたくお気に召した様子で、夕暮れの風を感じながら猫みたいに目を細めている。

チズはお砂糖とミルクをたっぷり加えて、ぐるぐるかき回した。

「やっぱり、まだまだお子さまだね」

綱吉に笑われる。

口惜《くや》しくて反論の言葉を探すチズだが、こちらに近付いて来る女の人を見て、驚いて立ち上がってしまった。

「上さま、あの人……」

「どうしたのかね、おチズちゃん？　おやおや？」

その人は、酩酊《めいてい》したみたいにあっちによろよろ、こっちによろよろしながらやって来た。

もう暗くなっているけど、それでも紙のように白い顔をしているのが、はっきりとわかった。紙のようだけど、顔立ちのきれいな人だ。

「あ……キクタ・コーヒー」

その人は遭難でもしたみたいに疲れ切っていて、でも店の様子を見て少し笑った。そして屋台の椅子に腰かけたとたん、ぐったりとテーブルに突っ伏してしまったのである。

「だ――大丈夫ですか？」

店長も佳乃さんも、チズも綱吉も、ほかのお客さんたちも仰天してしまった。

遭難したみたいな彼女は、佳乃さんに支えられて顔を起すと、「た――食べ物を――」といって、また倒れた。

「食べ物、ですか？　お腹《なか》が、空《す》いてるの？」

「どうしよう、うち、コーヒーしかないのに」

「………」

チズはどうしていいのかわからず、佳乃さんと店長がその人を介抱するのを見つめた。なんだか、現実離れしている。

（行き倒れなんて……）

言葉では聞いたことがあるけど、実際にそんな人に会うのは初めてだ。

それに、行き倒れにしては、ずいぶんとおしゃれな人なのだが、でもそのおしゃれが少々風変わりだった。すごくうすいスカートを十二単《じゅうにひとえ》みたいに重ねて、トップスは光沢のあるキャミソールに妖精《ようせい》の羽のようなショールを重ねている。およそ、だれも考え付かないファッションセンスだ。よく見ると、顔立ちが佳乃さんと少し似ていた。

「親戚《しんせき》の方ですか？」

「ううん。そうじゃないけど……」

佳乃さんは、店に食べ物がないとつぶやいて、おろおろしている。

「おチズちゃん、食べ物を買って来なさい」

「は、はい」

綱吉にいわれて、ようやくわれに返った。

五十メートルほど先にあるコンビニに駆けて行って、海苔《のり》弁と、スパゲティカルボナーラと、おにぎり三個を買った。おにぎりは、ツナマヨネーズと、昆布と、梅だ。デザートはエクレアとオレンジケーキである。総カロリーを考えると恐ろしくなったけど、食べ物を求めて倒れ込んで来たのだから、これくらいなくては。

お腹を空かせた女の人はデザートまで全《すべ》て平らげると、ようやく人心地ついた様子で深い息をついた。

「すみません。助かりました。お金持ってないので、これで――」

といって、腕時計をチズの手に押し付けてくる。とても高価そうなものなので、チズはあわてて固辞した。

「いえいえ、いいんです」

「あとで、店で払うから」

店長がいうので、チズはやっぱり両手を振って遠慮する。

「ご心配なく。うちの上司のおごりです。ね、上さま」

チズは、綱吉を振り返る。

天下人だった綱吉は、千円二千円のことなど眼中になく、その不思議な彼女に問うような視線を投げている。

「わたし、菊田理央《りお》といいます」

「菊田さんっていうんだ？　偶然ですね、ここもキクタ・コーヒーですもんね」

チズがいうと、店長が喜んだ。

菊田は、S市では多い苗字《みょうじ》である。チズの大学時代の友だちにも「菊田さん」は二人居た。

「でも——どうしたんですか？」

佳乃さんが、彼女のほこりだらけの足と、やつれた顔を見て尋ねた。海苔弁と、スパゲティカルボナーラと、おにぎり三個と、エクレアと、オレンジケーキを食べてしまえるほどの空腹ってただごとではない。

「お金がなくて、山形から歩いて来ました。立石寺《りっしゃくじ》から……」

「えええー？」

地元の地理に詳しくない綱吉を除いて、その場に居た全員が仰天した。

立石寺からここまで約五十キロ。江戸時代ではないんだから、歩いて移動するなんて無茶過ぎる。

「う〜ん」

満腹になった理央さんは、今度は本格的に失神してしまった。

この人は家出をして来たのか、それとも何かの事件に巻き込まれたのか？　起こして訊くのも酷だ。

「どうする？」

肩を支える佳乃さんが、心配そうに店長の顔を見た。

「今夜は、うちで休ませよう」

店長がそういったので、チズたちもほかのお客たちもホッとした。

2

数日後のことだ。

「どうだい？　今夜はキクタ・コーヒーの様子を見に行ってから、牛タンでも食べに行かないかね？」

「おお、賛成です。キクタ・コーヒーのこと、気になっていたんです」

牛タンを楽しみにして出かけたのだが、キクタ・コーヒーに食事メニューができていたので、さっそく注文することにした。牛タンとの思わぬ別れには落胆を禁じえなかったけど、キクタ・コーヒーの新メニューもなかなか魅力的だった。

チズたちが頼んだのは、パエリアと、地中海風サラダと、オニオンスープだ。

「うわあ、美味《おい》しい」

チズは今まで食べたものの中で、吉井さんの作るまかないが一番おいしいと思ってきた。しかし、この新メニューも負けていないくらい美味しいのだ。

「まことに、あっぱれな腕前だな」

綱吉が嬉《うれ》しそうに、パエリアをほおばっている。

「店長さん、このお料理、いったいどうしたんですか？」

いつもと変わらないスキンヘッドに手ぬぐいをかぶった店長を見て、チズたちは目を丸くして訊いた。

「実は、おれ、調理師免許を持っていて――でも、作ったのは、おれじゃないんだけど」

「じゃ、だれが？」

「うふふ」

店長の大きな背中に隠れていた理央さんが、恥ずかしそうに笑った。頭にバンダナを巻いて、ギャルソンエプロンを締めている。なんだか、スローライフ系の料理人って感じに、バッチリ決まっていた。

「ひょっとして、理央さんが作ったんですか？」

「そうなんだよ。理央さんに、ここで働いてもらうことにしたんだ」

店長は、嬉しそうにいった。

「店長のおたくに居候《いそうろう》させてもらっているんです。これも、全部、佳乃さんに借りたの」

理央さんは、前に見たユニークな服とはちがう、紺色のシャツとデニムのパンツを得意そうにチズたちに見せた。ここに来たときの美貌《びぼう》のゾンビみたいだった様子から一転、店をみごとに切り盛りしている。

チズは綱吉と目を見合わせた。

突如現れたナゾの美女が、キクタ・コーヒーの看板娘になっている。

ナゾの理央さんは大満足の様子だし、お客の評判も上々みたいだから店長も上機嫌だ。

（だけど――）

チズは視線を巡らせて、たそがれの中に浮かび上がったキクタ・コーヒーのオレンジ色の明かりを透かし見た。佳乃さんがお客と談笑しながら皿を拭《ふ》いている。

「ちょっと、ヤバイんでないかい？」

綱吉が、チズにそう耳打ちをした。

チズも、そう思っていた。佳乃さんの笑顔が、少しだけ引きつっているのがわかったからだ。

＊

街をぐるりとめぐるお濠に架かった小さな橋の上で、佳乃さんを見つけた。キクタ・コーヒーでパエリアを食べた四日後のことだ。

チズはいつものように武蔵たちと散歩の途中で、そこは同じお濠といってもキクタ・コーヒーが店を出す川べりからは、少し離れた場所だった。

佳乃さんは水面を見つめていた。その顔に、まったく表情というものがない。よもや身投げなどはするまいが、佳乃さんの姿がひどく思いつめているように見えたので、チズはいささか慌《あわ》てて駆け出した。武蔵がはしゃいで「わん」といい、それがずいぶんと大きな声だったので、佳乃さんが驚いてこちらを見た。

「すみません！　これ、武蔵、わんとかいっちゃだめでしょ！」

「いやいや、犬だから」

佳乃さんはとりつくろうように笑った。顔色がよくないし、表情が硬い。チズは心配になった。

「あの……どうしたんですか？」

「いや、何でもありませんよ」

そういった声が、無理しているように聞こえて仕方がない。

いっしょに歩いて、キクタ・コーヒーが開店している場所まで行った。

理央がテーブルを拭いて、ランプの位置を直していた。笑顔で何かいいながら、店長を振り返っている。店長が何かおかしいことをいったらしく、二人で笑い転げた。

（確かに、ちょっとヤバイな）

理央はまだ店長と佳乃さんの住まいに身を寄せているのか？

そうだとしたら、少し図々《ずうずう》しくはないだろうか？

＊

その日は一日、佳乃さんのことが頭を離れず、店が終わった後でキクタ・コーヒーに立ち寄った。食事メニューを始めてたった数日なのに、新規のお客で行列が出来ていた。

これで安心……では全然ないのである。

鈍感な店長は千客万来で大張り切りだし、理央さんは勝手知ったる自分の店のごとく、八面六臂《はちめんろっぴ》の活躍ぶりだ。もちろん、佳乃さんもマメマメしく働いているが、その心中が穏やかでないのは、見るだに明らかだ。

（なのに、店長が何で気付かないのよ）

人知れずヤキモキしていたら、問題の店長と目が合った。

「いらっしゃい。チズちゃんは、特別なお客さんだからな。さあ、どうぞ、どうぞ」

お腹が減って目を回した理央さんのために、コンビニに走っていった恩人だとでもいうのか？　チズは内心でいよいよヤキモキしたが、店長が本当に特別扱いしてくれて、シーフードカレーをご馳走《ちそう》してもらった後には、ついついその美味しさを絶賛してしまった。

「美味しいです。今まで食べた全てのカレーの中で、一番美味しい！」

「おそれいります」

「本当に、いい人が来てくれたよ。まるでむかし話の『鶴《つる》の恩返し』みたいだよね？」

「いやねえ、店長。わたし別に、料理している姿をひとに見せないわけじゃないし。食材も鶴の羽じゃないですから」

「あははははは」

店長と理央さんは夫婦みたいに寄り添って、おおいに喜んでいる。離れた場所で、佳乃さんがやっぱり無理に笑っていた。

「佳乃さん、ちょっと」

会計を済ませてから、佳乃さんに手招きをする。

店長がその背中に「混んでいるから、早くもどれよ」と無神経ないい方をした。

さすがにチズは呆れ顔を露《あら》わにして、佳乃さんを連れて桜の木陰に隠れた。

気にしないで。

チズにいえるのはそんなことぐらいだったのに、それすらいい出す前に佳乃さんの方が先に口を開いた。

「あたし、出て行こうかと思うんです」

「え……え……。ちょっと、待って――」

チズはうろたえ、助けを求めてあっちこっちを見渡した。もちろん、味方なんか居るわけもない。

味方どころか――。

「わ……」

この店で、突然の新来者に肝をつぶすのは二度目になった。

暴漢が出現したのである。

それは、全身タイツみたいな――もしくは、ウェットスーツみたいな、からだにフィットした黒い光沢のある服をまとった若い男だった。

殺気というものを、確かに感じ取った。

「あ」

佳乃さんが短い悲鳴をあげる。

「わ」

まったく、だしぬけなことだ。チズと佳乃さんは、どちらからともなく手を握り合って、二人でフリーズした。

まるで暗闇が澱《おり》になって結晶したみたいなその男は、アニメとかのスーパーヒーローのように飛び出して来たかと思うと、それと反対のことをした。——理央さんに襲い掛かったのだ。

理央さんの悲鳴が響き渡り、食事をしていたお客たちも騒然となった。

黒い全身タイツの暴漢は、理央さんの首を絞めた。

理央さんの顔が苦痛にゆがみ、どんどん赤黒くなってゆく。

殺意は明らかだった。

「やめなさーい！」

ようやく狼狽《ろうばい》と緊張の呪縛《じゆばく》から抜け出たチズは、われながら無鉄砲な行動に出た。お客が逃げた席から椅子を持ち上げて、暴漢を殴りつけようとしたのだ。

それより一瞬早く、店長が暴漢に飛び掛かった。

岩石みたいな拳《こぶし》で、相手の横っつらを殴り飛ばす。

暴漢はアスファルトの地面にたたきつけられた。

でも、そいつは異様にタフだった。

レスリング選手のようにブリッジの体勢で起き上がると、そのはずみのまま店長に反撃した。

腕を首に回して、ぎゅうぎゅう締める。

今度は店長の顔が赤黒くなる番だった。

理央さんがチズに向かって走り寄り、胸にしがみついた。

「怖い――――！」

チズは無情にそれを突き放すと、さっき降ろした椅子をもう一度振りかぶり、暴漢の背中にたたきつけた。

「やめろっていってるでしょ！」

「ぐえ」

暴漢と店長は、同じような声を上げた。

椅子は割りばしみたいに折れて、暴漢はさすがにくずおれる。

「これが、とどめですからねー！」

本当はそんなつもりはなくて、おどすつもりで別の椅子を振り上げたのである。

暴漢が再びブリッジで飛び上がったので、チズは椅子を持ったまま立ちすくむ。

ヤバイ。

今度はこっちに来る。

そう思ったとき、暴漢はまったくの無表情で逃げ出した。

（ああ……）

全身が震えて、腰が抜けた。

お客の一人が戻って来て、チズを助け起こしてくれた。

店長は頭から血を流していた。

佳乃さんが手当しようと近付いたとき、理央さんが「わあわあ」声を出して泣き始めた。

店長がその頭を両腕で抱えて、胸に抱きしめる。

佳乃さんは、一歩、二歩、後ずさってから、急ぎ足でその場を立ち去ってしまった。

3

キクタ・コーヒーから電話があったのは、翌日のことだ。

チズは将軍カフェで犬たちの食器を洗っていた。

着信音を聞いて、慌てて手の洗剤を洗い落として布巾《ふきん》で拭き、エプロンのポケットからスマホを取り出す。「キクタ・コーヒー」という表示を見て、通話がつながった瞬間に昨夜のことをいおうとしたら、勢い込んだ店長に言葉を奪われた。

――佳乃が居ないんですが、そちらに行ってませんか？

「え？　――いいえ」

昨夜の騒動の後、佳乃さんの姿が見えないという。

「あ……」

抱き合う店長と理央さんを見て、夜道に消えてしまった。チズが目撃したその姿が、佳乃さんの最後の消息らしい。

その後で店長のスマホにメールがあったという。

『理央さんとお幸せに。わたしは身を引きます』

それきり、佳乃さんのスマホは電源が落ちている。

ああ、なんてことを……と、チズはつぶやいた。

――あいつは、馬鹿《ばか》だ。身を引くったって、どこに行くっていうんだ。

思い当たる限り連絡をし続けているのに、佳乃さんはどこにも居ない。店長は焦燥と心配が極まって、キレていた。

――理央さんとお幸せにって――あいつ、何を勘ちがいしてるんだよ。どうして、おれのことを信じてくれないんだ。

「だって、この頃の店長、理央さんにお熱みたいに見えましたよ」

——誤解だよ！

店長の言葉は「うう、うう」という唸《うな》り声に変わった。男の人の泣き声なんて初めて聞いたから、チズはどういっていいのかわからなくなった。

通話を切った後、顔を上げると綱吉が十頭の犬を従えてこちらを見ていた。

「うわ、上さま、びっくりしました。ライオンキングみたいですよ、犬だけど」

「ライオンキングとは、それは光栄な」

綱吉は照れて頬を撫でてから、真顔にもどる。

「行ってあげなさい。いや、皆で探そう」

綱吉と十頭の犬たち、そしてチズは、キクタ・コーヒーに駆け付けた。

店長が洗濯物の中から持って来た佳乃さんの靴下を犬たちにかがせ、店長、理央さん、綱吉、チズで手分けして犬たちのリードを握った。

「さ、おまえたち。しっかり佳乃さんを探してね」

仕事を与えられた犬たちは、はりきって歩き出す。

お濠沿いの道、商店街、小学校沿いの歩道から公園を抜けて、くねくねした道を通って、最後には店長たちの住まいのあるマンションの玄関に至った。

まるで申し合わせたみたいに、武蔵や十兵衛たちに引っ張られた店長と理央さんと綱吉が、同時にマンション前に集合した。

店長は犬のリードをチズにあずけて階段を駆け上がっていったけど、しばらくしてから暗い顔でもどって来た。やっぱり、佳乃さんは帰っていない。

チズは口を結んで「うーん」と唸ってから、空《くう》を睨《にら》み、一同の顔を、そして犬たちの顔を順繰りに見た。それから、考え考え、口を開く。

「理央さん、どこから来ましたっけ」

答えようとする理央さんを手で制して、チズは勝手に続ける。

「山形の立石寺から歩いて来たんですよね」

「は――はい」

「佳乃さんが、理央さんに自分の代わりになってもらいたいと考えているとしたら、自分は理央さんの代わりになろうと考えていたりして」

「どういうことかな、おチズちゃん？」

「つまり、つまり――佳乃さんは立石寺に行ったんじゃないですかね？」

「それは、ちと無理のある理屈じゃないかね、おチズちゃん」

「家出するなんて、土台、無理があるんだから、理屈に合わなくて普通だって思うんです。それに、困ったときは神さまとか、仏さまとか、海とか山とかに、すがりたくなりませんか。だったら、山のお寺というのは、ぴったりかも」

「そういわれれば、まあ、そのとおりだ」

「チズちゃんのいうとおりだよ」

どんよりしていた店長の目に、光がもどった。

駐車場にすっ飛んでゆくと、クルマを玄関先に回す。

「上さま、あたしもいっしょに行って来ます」

「うむ」

犬たちが居るので、綱吉とはここで別れることにした。

理央さんが後部座席に乗り、チズは助手席に座る。

店長はクルマを発進させ、十頭の犬を従えた綱吉が三人を見送った。

（犬公方、上等）

思わず胸の中でつぶやく。犬たちの中央に立ってチズたちを送り出す綱吉は、本当に格好よかったのである。

クルマの中では、だれも何も話さなかった。

店長は誤解を招いた自分を責めることにうんざりしていただろうし、誤解した佳乃さんの悪口もいいたくなかったはずだ。

理央さんは、全部自分のせい、という陳腐なセリフをいうことで、チズたちに「そんなことない」と慰められるのは苦痛だったにちがいない。

チズとしても、二人ともが胸中に繰り返した言葉を、もう一度引っ張り出して痛い思いをさせたくなどなかった。

口に出さずとも、繰り言はそれぞれの頭の中をぐるぐる回っていた。

信号も対向車も歩行者も景色も、視覚的な情報を全て捉《とら》えて頭の中で処理しながら、チズたちは三人三様に自分ができたはずのこと、するべきではなかったことを考え続けた。

そして、今このとき、ひとりぼっちの佳乃さんが、どんな気持ちで居るのかということを、思わずにはいられなかった。

クルマを駐車場に停めて、入山料を払って山門をくぐった。

そこで初めてチズが口を開いた。

「理央さん、ここから歩いて来たなんてすごいよ。お弁当を三人前も食べてしまったの、納得です」

それで二人は少しだけ笑う。

だけど、そこから先が大変だった。

石段は千段以上あって、その幅も傾斜も段ごとにちがう。

ほんの十段登っただけで息切れがした。

ついつい足元を見ていた目線を上げたときである。

視界の果てに佳乃さんの後ろ姿が見えた気がした。

「佳乃さん？」

思わず声に出すと、店長と理央さんも驚いて顔を上げた。

でもそのときには、佳乃さんは折れ曲がった石段の先に消えてしまう。

段が折れたところまで、三人で駆け上がった。

そこで目にしたのは、やはり曲がり角で消える寸前の佳乃さんの姿だ。

やっぱりここに来ていた、という嬉しさと、昨夜姿を消してから今の今までどこに居たのかという疑問や、逃げ水のように消える佳乃さんの後ろ姿は、いったい現実のものなのかという不思議な感覚が、ごちゃごちゃになって頭を回った。

それにしても、一気に駆け上がってしまったから、息が切れて仕方がない。

「ここです」

理央さんが遠慮がちにいったのは、中腹から延びた脇道《わきみち》だった。

そこはでこぼこでわずかな傾斜があり、断崖《だんがい》に建つあずまやのような御堂《みどう》に通じていた。道が途中で、丸太を渡しただけの橋になっている。

（立石寺に、こういうところあったっけ？）

このお寺は好きだから、以前にも二度ばかり来たことがある。石段がきつくて、それがまた楽しかった思い出があるけど、こんな脇道も丸太の橋も覚えがない。

「ここ?」

「ここです」

理央さんは、今度は強い語調でいった。

彼女もまた、この橋を渡るのが怖かったらしい。

だけど、理央さんが来たところ=佳乃さんの行くところ、という結論に達したからには、尻込《しりご》みなんかしていられない。

(よ?――よ?――よ?――よ?――よ?)

両手でバランスを取りながら、ヤジロベエみたいな格好で橋を渡った。

橋の終わりは御堂の入口になっている。

四隅に頑丈な柱を立てて、四角錐《すい》の屋根をかぶせたそこに、変なものがあった。

毛玉だらけの布を張った、二人掛けのソファである。

ピンクの、可愛くないウサギのクッションが載っていた。以前、常平川の川べりのテントにあった、あのソファと同じように。

(違法タイムマシーンだよ、これ)

そう思ったとき、丸太の橋を渡って来た理央さんが、倒れ込むように座ろうとする。

「駄目――」

理央さんを止めようとしてつんのめり、結局二人で座面に乗ってしまった。

そして、おぼえのある白い靄《もや》が視界になだれ込んでくる。

(まずい！　時間を流される)

ネジとかボルトとかを寄せ集めて掻《か》き回すような音が続き、全身をザラザラとした感触が這《は》った。蒼汰と一緒に、未来に飛ばされてしまったときと、まったく同じだった。だけど、あのときはそばに夏野さんが居た。だから、捜しに来てもらえたけど、このたびは遭難の事実をＩＴＯに伝えることすらできない。

ガラガラだとか、ザラザラだとか、違法タイムマシーンで時間を流されるときの心地悪さが一段落した。

「なに、ここ？」

思わずロに出してつぶやいた。

チズは異様な風景の中に居た。

これがタイムマシーンなら、蒼汰のときと行き先がちがっても、それはうなずける。

しかし、今度の漂着地点はどの時間でもなかった。

そこは光源のわからない紫色の光に満たされた、無限の――というか、無の空間だった。

空も天井もなく、建物や道路や植物や山なんか見えず、さりとて地平線すらなく、地面にも影が落ちていない。
チズは、いわば無限大の空間の中に浮かんでいるのだ。
（もしかして、琥珀《こはく》の中の虫みたいに閉じ込められてたりして？）
いやな予感がして足を動かしてみたら、歩くことも跳ぶこともできた。
（でも、全然ラッキーとはいえないし）
振り返ったら、理央さんが居た。
理央さんも、途方にくれながら跳ねたり足踏みしたりしていた。
「ここは？」
チズと目が合うと、理央さんは顔を引きつらせながら訊《き》いてくる。
「たぶん、異時間だと思います」
「ここが、異時間？」
理央さんの落胆と驚きの表情を見るに、彼女にも異時間についての知識があるらしい。
（でも、なんで？）
唐突にキクタ・コーヒーの日常の中に入り込んだ理央さんは、どこから来たのか？
立石寺から――立石寺の中腹に置かれたあの違法タイムマシーンから？
理央さんは時間旅行者だった？
いろいろ訊きたいことはあったけど、気持ちが追い付かなかった。異時間に投げ出されたということは、一生、出られないかもしれないのだ。

水も食料もない、トイレもない。

最悪である。

トイレを我慢しながら飢え死にだなんて、絶対にいやだけど、それが遠くない将来に起こるであろう運命なのだ。

(そんなの、いやすぎる)

チズたちは、途方にくれて歩いた。

どこかに行きたいと思ったわけでもない。単に、じっとしているなんて出来なかったためだ。そもそも、ここには『どこか』なんて概念すらないだろう。完全な『無』なんだし。

ところが、歩くにつれて『無』にオプションが見え始めた。

まずは、道路、そして窓の黒いビル、シャッターのおりた商店、人の居ない住宅、人の居ない公園、人の居ない交差点など。

最初は幻覚かと思ったけど、公園の手すりにも、歩行者用信号の押しボタンにも触ることができた。ボタンを押したので信号は青になった。

停まるクルマもない交差点を渡ってみたとき、チズは自分たちのほかにも、人が居る気配を感じた。

それは足音だった。

確かに、チズたちをつけて来ている。

やはり違法タイムマシーンで遭難した人だろうか？　ＩＴＯの五十嵐さんたちから聞いた話では、違法タイムマシーンの誤作動で異時間に投げ出された人は相当数居るらしいから、ここで遭難した人に会わないとも限らないではないか。いや、皆、とっくに餓死してしまったのでは？

こんなとき、だれでもいいから同胞に会いたいと思うのは、人情である。

ところが、世界で一番会いたくない人に会ってしまうとは、どういう皮肉なのか。

チズたちの後をつけてきた相手が姿を現した。

それはキクタ・コーヒーで、理央さんを襲ったあの若い男だったのだ。

「ヤバ！」

チズは理央さんをうながして走った。

なぜ逃げなくてはならないかを知った理央さんは、顔を引きつらせ、チズの手を取ると全力で駆け出した。

それが本当に速くて、チズは腕がもげそうになりつつ、懸命について行く。

だけど、追って来る男も、変に速かった。

理央さんを見付けて怒るでもなく、脅すでもなく、陸上選手みたいにシャキシャキしたフォームで追いかけて来るのだ。

こっちは息が上がるし、運動不足ぎみだし、簡単に追いつかれてしまった。

理央さんは立ち止まり、チズをかばうようにして自分の背中に隠す。そして、男に向かって強い声でいった。

「お願いしたことは、キャンセルよ！　もうわたしの前に現れないで！」

てっきり相手は強硬な態度に出ると身がまえたチズだったけど、男は思いがけず悲し気な顔をした。

「キャンセルには対応していません。どうか、そんなことをいわないで……」

まるでひどいことをいわれたみたいに、泣きそうな顔をして、しかしこちらに飛び掛かって来る。表情と行動が、まったくちぐはぐである。

「来て！」

理央さんは、チズの手をとって一層全力で走り出した。

（キャンセルってどういうことかな？）

理央さんのいった意味はまったくわからないが、二人が知り合いだというのは確かだ。

そして、男はやっぱり追いかけてくる。

「理央さん、あの人、すごく速いですよ。捕まっちゃいますよ！」

「逃げるの！　捕まったら――殺される」

「ええ？」

角を曲がって、公園の砂場を飛び越えて、夏枯れ——というにもまだ早い、地面いっぱいに落ちている黄色い葉っぱを踏み、路地から路地へ、庭にずかずか入り込んで、軒下を走って、アパートの駐車場からとなりの庭に入って、川沿いの坂道へ。

橋を越えたところに空き地があり、そこまででチズのスタミナが切れた。

後ろを振り返ると、あのわけのわからない男の姿は見えなかった。

「理央さん、まいたみたいです」

「本当に？」

チズたちはよろよろと空き地の中に入っていった。

さっき、大量に落ちていた黄色い葉っぱが、ここにも一面に敷き詰められている。銀杏《いちょう》のようにきれいな黄色だけど、形が正確な星型をしていた。珍しくて、チズは一枚拾ってみた。葉っぱは無数に落ちているのに、木が見えないのもまた不思議な話だ。

「これ、スターリーフっていうんです」

理央さんがいった。

「確かに、星の形の葉っぱですもんね」

ほかにもいうこと、訊くことはあるような気がしたけど、疲れてしまって言葉にならない。いろんな『変なこと』や『つじつまの合わないこと』を、整理して考えるだけの気力がなかった。

「植物に詳しいんですか？」

「いいえ。光雄に——夫に教わりました」

「え？　旦那《だんな》さんが居たんだ？」

チズは思わず頓狂《とんきょう》な声を上げた。理央さんが既婚者なら、佳乃さんが身を引く必要がないではないか。いや、理央さんも罪なお人である。旦那さまが居るなら、あんなに店長の気をひかなくたっていいではないか。

疲れて文句もいえないチズだが、辺りが暗くなっていることに気付いた。紫色だった光がすっかり消えて、上空には星が見える。プラネタリウムで見るような、満天の星だ。

星雲が虹《にじ》みたいに弧を描いている。

美しさに息を飲んで目を落とすと、今までそこになかったものがスターリーフだらけの空き地に出現していた。

見覚えのあるソファだ。

ソファときたら、タイムマシーン。

戸坂源五郎のテントで違法タイムマシーンに乗って以来、チズはどうもソファにはトラウマがある。

しかし、突然に出現したこのソファは、あのウサギちゃんのクッションが載っていなかった。見た感じもオンボロではなく、はなぞのホテルの旅行室にあるのとそっくりな、ゴブラン織りの布がきれいに張ってある。

(どうして旅行室のソファがここに?)

ざくざくとスターリーフを踏みながら、近くに寄ってみた。

トラウマだろうが、何だろうが、これをただのソファと思うのは無理がある。

チズは理央さんを振り返った。

「理央さん、これに座っちゃいましょう」

ここは泣く子もだまる異時間なのだ。このソファがタイムマシーンだったとしても、ここより悪いところになんか、行くはずがないのである。

「ええ」

理央さんも同意した。

「じゃ、座りますよ。いっせーのーで!」

果たして、それはタイムマシーンであった。

二人が腰を下ろしたとたん、時空を超えるときの変な現象が巻き起こった。

ピアノが奏《かな》でる『エリーゼのために』が流れて(下手なピアノだった。何度もトチッていた)、子どもたちの高い笑い声が響いた。高校野球中継でよく聞く応援と、金属バットがボールを叩《たた》く甲高い音が気持ちよく鳴り渡る。

次の瞬間、チズたちは重厚な造りの洋間に居た。

はなぞのホテルの旅行室である。

チズと理央さんは、あの部屋の中央に置かれたソファに座っていたのだ。

ちょうど、床に掃除機をかけていた支配人が、ぎょっとした顔でこちらを振り返った。

「さ……桜井さん、どこから……？」

「えっと」

一言で説明するには、あまりにいろんなことを体験しすぎた。

口ごもっていると、支配人は理央さんを手で示す。

「こちらは……？」

「菊田理央さんという人です」

そう紹介してはじめて、チズは理央さんについて名前以外は何も知らなかったことに気付いた。

＊

スマホに、キクタ・コーヒーの店長から着信が残っていた。

掛け直したチズは、佳乃さんが友だちの家に居たと知らされた。店長が佳乃さんを捜して電話した女性の家に居たのだ。彼女は佳乃さんに頼まれて「居ない」と答えてしまったそうだ。ともあれ、佳乃さんは立石寺には行かなかったというのである。

理央さんの来た場所に行ったという推測はチズの早合点だったとしても、実際に立石寺の石段で佳乃さんを見たと思ったのは、ただの錯覚だったのか。それとも、違法タイムマシーンには、獲物を惑わす機能でもあるのだろうか。

そう思ってみて、むやみに恐ろしくなった。

4

はなぞのホテルの食堂で、チズは綱吉とならんでシュークリームを食べている。上さま、たまにはうちのお菓子も食べてくださいよと、吉井さんが作ったものだ。甘いカスタードクリームを味わっていると、いろいろ物騒なことが起こった後だけれども、すくなくとも今このときだけは幸せであると実感できた。

チズと綱吉は申し合わせたように「ふう」と息をついて、同じ動作で紅茶をずずっ……とすすった。

食堂の扉が開き、キクタ・コーヒーの店長と佳乃さんが入って来た。おっかなびっくり辺りを見回して、手招きするチズを見ると、近くにやって来た。

「お二人もどうですか、おいしいシュークリームです。ここのコックの吉井さんが作ったんです」

「天下無双の美味《うま》さだよ」

綱吉も太鼓判を押す。

「はあ……」

ならんでシュークリームを食べ始める二人に、チズが紅茶を注《つ》いでやった。味わうのも飲み込むのも同じタイミングの二人は、同時に笑顔になった。

「美味いなあ、これ」

「本当ねえ」

時間旅行者のためのホテルだと聞いて、それこそ異時間に放り出されるくらいの覚悟で来たみたいだけど、吉井さんの手にかかれば全《すべ》ての緊張はリラックスに転じる。だけど、ＩＴＯの黒服の二人に連れられて、理央さんが現れたときは、二人とも腰を浮かせた。五十嵐さんが手を挙げて「いや、そのまま、そのまま」といった。

「皆さんもどうですか？　シュークリーム、めちゃうまですよ」

チズは場を和ませようと、シュークリームの営業マンみたいに勧める。

五十嵐さんがまた手を挙げて「では、お茶を」といった。

三人分の紅茶を運ぶチズを目で追いながら、理央が立ち上がって一同にぺこりと頭を下げた。

「みなさん、このたびはお騒がせいたしました」

店長と佳乃さんが目を見合わせてから、同じようにぺこりと頭を下げる。

チズが席にもどると、それを待っていたように、理央さんは話し出した。

「わたしは、二〇九五年に生まれました。今年で――っていうのもおかしいけど、二十九歳になります」

つまり、理央さんは二一二四年から来た。

そこで、チズは食堂の壁に貼《は》ってある、ＩＴＯの指名手配書に目をやった。そのチラシが作られたのが二一二四年。何の符合だろう。

（いやいやいや、そんなことより）

指名手配されている人物の写真が、佳乃さんを襲ったあの暴漢なのだ。異時間の中にまで現れた、あの素晴らしいランニングフォームの不審者だ。

名前は菊田光雄。キクタ・コーヒーの婿《むこ》養子。罪状は、妻を違法タイムマシーンに乗せて、異時間に放り出したこと。光雄という名の夫のことを、理央さんは異時間に居たときに話していなかったか――？

チズは口の端についたカスタードクリームを指で拭《ぬぐ》ってペロリとなめ、でも顔は真剣に理央さんを見つめた。

「わたしは十代のころから、本格的に料理を習いました。わたしの望むままに勉強をさせてくれたのは父です。イタリアとフランス、そして台湾のレストランで学びました。父がキクタ・コーヒーの社長なので、わたしの遊学費用は苦もなく出してもらえました」

キクタ・コーヒーの社長令嬢？

チズと綱吉も驚いたが、店長と佳乃さんの驚きはもっと大きかった。キクタ・コーヒーが娘を外国のあちこちで勉強させる財力を持つというのもさることながら――。

「きみは、おれの子孫なのか？」

「店長はわたしのひいおじいさんです。佳乃さんは、わたしのひいおばあさんです」

「なんと！」

綱吉が扇子を開いて、歌舞伎《かぶき》みたいに見得を切った。

チズの中で、混沌《こんとん》の中にあった断片がゆっくりとつながってゆく。

（つまり、こういうこと？）

理央さんは店長の気を引いていたのではない。曾孫《ひまご》として甘えていたのだ。理央さんはきっと佳乃さんにも、同じくらいベタベタしたのだろう。だけど、きっと佳乃さんは女同士だから「フレンドリーな人だな」くらいでスルーしていた。店長だけが鼻の下をのばした結果、思わぬ行きちがいが起こってしまった。

（うう〜ん。店長ったら）

チズは、頭を掻く。

その間も、理央さんは緊張した表情をくずさなかった。

「すみません。順番に話します」

「どうぞ、どうぞ」

聞き手であるチズたちは、それぞれうなずき、そして理央さんの話をうながした。

「わたしの居た時代、キクタ・コーヒーは全国チェーンのレストランとして繁盛《はんじょう》していました。ですから、わたしも子どものころから、キクタ・コーヒーの厨房《ちゅうぼう》で働くのが夢でした。そのつもりで、料理を学んだんです。でも——」

理央さんの父は心配性のわからず屋だった。それも、超ド級の心配性で、手のつけられないわからず屋だったのである。

「父は、箱入り娘が働くのは無理だといって、許してくれませんでした」

箱入り娘を育てたのは、自分ではないか。

いや、世界のあちこちで料理を学んだ理央さんは、決して箱入り娘なんかではない。

しかし、父はあくまでも趣味として理央さんの勉強を許したのだった。花嫁修業のつもりだったのである。なにせ強度のわからず屋だから、いくら頼んでみても無駄だった。

就職してほかの料理店で働くことも、固く禁じられた。もちろん、独立して店を出すなど論外だ。

父の敷いたレールは、娘を結婚させ専業主婦にすることだった。可愛《かわい》くてたまらない娘を、できるかぎり世間の荒波から守りたかったのだ。

「主婦だって苦労があるだろうに」

綱吉が腕組みして、難しい顔をする。理央さんは、小さくうなずいた。

「はい」

理央さんは、重役の息子と無理に結婚させられた。

理央さんとしても、料理の道で生きられないのなら、だれと結婚しようと同じことだと思っていたのである。だから、いい妻にはなれなかった。夫となった男が、猛烈モラハラ不倫DVサディストだったから、なおさらだ。

「どんな結婚生活だったか、ここでは詳しく申しません。聞いたら不愉快になるだけでしょうから」

理央さんの顔が、なんだかいつもより白く見えた。

チズたちは、眉毛《まゆげ》を「八」の字にさげて、お互いを見合った。

過去を口にも出したくないなんて、まだその傷が癒《い》えていない証拠である。そんな目にあった理央さんに同情して、胸の中が重たくなった。

そんな最悪の日々を理央さんは四年耐えた。五年目に離婚した。

そこでまた、父が要らんおせっかいを焼くのだ。父は「女は結婚するのが幸せ。一に結婚、二に結婚」と、こればっかりだ。だから、一人娘のために良かれと思って、また雁字搦《がんじがら》めの縁談で理央さんを縛り付けた。

「おとうさん、だめですねえ」

チズが我が身に置き換えて憤慨する。

「おチズちゃん、静粛に」

「す、すみません」

理央さんは、父が取り計らうままに再婚した。

その時点で彼女の心はすっかりこわれてしまっていたのだ。

だれと結婚させられようが、人類が滅亡しようが、太陽が爆発しようが、知ったことじゃないという気持ちだった。

「ただひたすら、死にたかったんです」

理央さんは自殺を図った。

しかし、父はその時代の時空ホテルを利用して理央さんを助けた。自殺防止は、時間旅行の禁止事項にはないのだ。

理央さんは回復した後、また命を絶とうとした。しかし、再び父に助けられた。再びが、三度に、四度に、五度に――。死ぬほどの絶望と覚悟、痛みと苦しみ、それが繰り返された。死ぬよりつらいとは、このことだ。

「光雄が、わたしを救ってくれました」

再婚した夫が、クラッシュ必至のポンコツ違法タイムマシーンを手に入れた。それに理央さんを乗せて無作為の過去へと飛ばしたのだ。

異時間で遭難させるために。

「わたしが、殺してくれと光雄に頼んだんです」

チズは指名手配のチラシに目をやる。

菊田光雄。キクタ・コーヒーチェーンの婿養子。

妻を違法タイムマシーンに乗せて、異時間に放り出した。

「そういうことだったのか……」

チズはぼうっとつぶやく。

かつて、彼に理央さんは「殺してくれ」と頼んだ。

だから、屋台のキクタ・コーヒーに現れた彼は、理央さんを襲ったのだ。

だけど、この時代に辿《たど》り着いた理央さんはもう不幸ではなかった。死ぬ必要などなくなっていた。だから、異時間まで追いかけて来た光雄に、理央さんはこういった。

――お願いしたことは、キャンセルよ！　もうわたしの前に現れないで！

光雄は悲しい目にあった犬みたいに、しょんぼりして答えたのだ。

——キャンセルには対応していません。どうか、そんなことをいわないで……。

「光雄さんって、いったい——」

二番目の夫である光雄という人物は、度はずれて従順ではないか。まるで……。

「光雄はロボットなんです。わたしを殺してくれるように、プログラムをインプットしました」

理央さんがそういったから、聞いている一同は、それはそれはたまげた。

ロボットを知らない綱吉にチズが説明して、綱吉もまた目を丸くした。

「ロボットと結婚とは——」

「わたしの時代では、一般的なことです」

理央さんがちょっと呆《あき》れたようにいうので、チズたちは理解しがたく、揃《そろ》って首を横に振る。

「でも——」

チズが、このちょっとしたパニックをリセットさせた。

「ちょっと話を整理しましょうよ。光雄さんのことは、まず置いといて——」

「ふむ?」

綱吉が問うように、こちらを見る。

「理央さんは、ひいおじいさんと、ひいおばあさんに会いたくて、違法タイムマシーンで辿り着いた立石寺から歩いて来たんですね。それは、あてずっぽうで来たわけではないですよね」

「はい」

　理央さんはあてもなくさまよって、たまたま辿り着いたわけではない。キクタ・コーヒー発祥の地については、理央は子どものころからよく聞かされていた。S市のお濠《ほり》沿いにある屋台カフェは、幼い時代からの憧憬《しょうけい》の場所だった。理央さんにとって、曾《そう》祖父と曾祖母の人生は、自由と夢の象徴だったのだ。

「この時代に着いたのは、偶然だし、遭難といえることだったけど、わたしは運命を感じました。それまで死ぬことしか考えていなかったけど、なんだか――」

　理央さんは、視線を落として、ほんのりとほほえんだ。

「ここで生きていきたいなあと思ったんです」

「結局、あんたさんは家族の愛情を求めていたんだね」

　綱吉が満足そうに尋ねる。理央さんは意外そうに目を瞬《しばた》かせた。

「え？」

　彼女がこれまで全力で逃げてきたのは、家族の愛情からだったのだ。

「あんたさんが逃げてきたのは、まちがった愛情からなのだよ」

理央さんがそもそも家業を助けたいと思ったのも、その強い愛情からのことだった。父親がそれを撥《は》ねつけたことから、理央さんの不幸は始まったのだ。

「おとうさん、どうしてまちがっちゃったのかなあ」

チズはそういってから、ハッとする。

「理央さんはこれから、元居た時代にもどされてしまうんですか？」

自殺を繰り返した救いのない時代にとじこめられるなんて、あんまりだ。そう思うと、チズの心臓がいやな感じで鳴り始めた。

だけど、その心配は五十嵐さんが取り払ってくれた。

「菊田理央さんはこの時代でキクタ・コーヒーの営業に貢献し、結果としてキクタ・コーヒーは全国チェーンのレストランに発展します」

「てことは？　店長たちといっしょに働いて、それでお店が繁盛する、ということですね」

「菊田理央さんがこの時代に永住して、キクタ・コーヒーの基礎を築くのは完成された歴史です。また、理央さんの事情を鑑《かんが》みても、元居た時代に送還するのは妥当ではありません。早晩、この時代に移る許可は出るはずです」

「良かった」

チズは思わず立ち上がって拍手をした。

店長と佳乃さんが、理央さんに駆け寄った。

ここで一家団欒《だんらん》の大団円になるはずが、夏野さんが不吉な一言を付け加える。

「問題は光雄氏ですが」

幸福に包まれた一同の表情に、ふたたび緊張がよぎった。

「まだ行方が把握できていません」

夏野さんが、固い声で結んだ。

理央さんによってインプットされた、彼女を殺せというプログラムは、いまだに作動したままなのである。

＊

店長と佳乃さんの結婚披露宴は、もちろんキクタ・コーヒーで行われた。

移動可能な屋台カフェは、近所の邸宅の広い庭を借りた。ここの家族が、キクタ・コーヒーの常連なのだ。料理を担当したのは、理央さんである。吉井さんも手伝ったが、披露宴が始まってからはお客の席についている。

「ひとさまの作ったご馳走《ちそう》というのは、いいものね」

理央さんの腕前は、はてしなく高い吉井さんの水準もクリアしたみたいだ。

支配人と綱吉は、ここぞとばかりにおしゃれをしてタキシードなんか着るものだから、背丈と体形もそっくりで兄弟みたいだった。ＩＴＯの二人は、お祝いの席だというのにいつもの黒いスーツでお葬式か就活生みたいである。

庭を貸してくれた家の奥さんが、佳乃さんに手作りブーケをプレゼントした。庭に咲いた花でこしらえたものだ。ご主人は、綱吉と意気投合している。儒教を重んじて湯島聖堂まで建ててしまった綱吉は、道徳のこととなると実に熱っぽく語るのである。

「何事にも、誠実というのが一番大事です。忠は心のまこと、それは偽りのない真実なのです。人はただ、まことの二字を忘れずば、幾千代までも、栄ゆなりけり」

「すばらしい」

皆がやんやの喝采《かっさい》を送っていたとき、ひいらぎの生垣が音を立てて折れた。

ローストした七面鳥の大皿を運んで来た理央さんの口から、小さい悲鳴がもれた。七面鳥が皿から落ちて、芝生の上をころころ転がる。

それを飛び越えて、黒い全身タイツを着た男が理央さんに躍りかかった。

チズは、その手に光る刃物を見て全身がそそけだった。

光雄である。

プログラムどおりに、理央さんを殺しに来たのだ。

新郎の席に居る店長は、間に合わなかった。

ＩＴＯの二人は同じ動作で銃を構えて、この家の家族たちを仰天させた。でも、すでに理央さんを捕らえた光雄に、狙《ねら》いを定めることが出来ずにいる。

だけど、綱吉はちがった。

小太りの丸いからだで転がるように光雄に近付くと、背後から襟首をつかんで投げ飛ばした。

光雄のからだはもののみごとに宙を回転し、芝生の上に叩きつけられる。

即座に五十嵐さんと夏野さんが走って来て、光雄を取り押さえた。

この家の家族とはなぞのホテルの一同は、綱吉に拍手喝采である。

新郎新婦は理央さんに駆け寄ると、少しでも光雄から遠ざけるように、自分たちの方へと引き寄せた。

「理央さん。また失敗して、すみません」

組み伏せられた光雄は、しょんぼりといった。

（この人は、何を謝っているんだろう）

チズは光雄がたまらなく恐ろしく、同時に憐《あわ》れだった。プログラムどおりに理央さんを殺せないことで、光雄はしょげかえっているのだ。理央さんに謝っているのだ。

「この人は――どうなるんですか？」

理央さんがＩＴＯの二人に訊いた。

「あなたの命令を削除します。その後で、新しい管理者が見つからなければ、処分することになります」

「そんな――」

理央さんは静止する新郎新婦を振り切って、光雄に駆け寄った。

「ごめんなさい――ごめんなさい、光雄。わたしのせいだわ」

光雄はきょとんとしている。チズの頭の中に、将軍カフェの十頭の犬たちの顔が浮かんだ。保健所から保護した犬たちだ。彼らにも心がある。光雄にだって、きっと心があるのだ。精一杯の誠意で、光雄は忠実に理央さんを殺そうとした。ロボットの道徳なんてチズにはわからないけれど、こうして動き考えている光雄が処分されてしまうなんて、たまらないことに思えた。

「わたしが、もう一度、管理者になることはできませんか?」

理央さんが食い下がる。

「それは無理ですね。あなたのコードは、彼の中にすでに記憶されていますから。同じコードで操作すると、削除したデータが復活することも考えられます。今回のケースでは、安全上の理由から、元の管理者による再利用は認められないはずです」

五十嵐さんがぴしゃりというので、皆は黙り込んでしまった。

そのただ中に、進み出た者が居る。

綱吉だ。

「光雄くんには、うちの犬カフェで働いてもらおう。わたしが管理者になりますよ」

「わっ！」

チズが高い声を上げて、綱吉に抱き着いた。

「さすが、上さま！」

小柄で太っていて顔だって少しも二枚目ではない綱吉だけど、ときたますごく格好が良いのだ。

抱きしめられた綱吉は、顔を赤くしてチズの手をふりほどいた。

「これ、おチズ。男女七歳にして席を同じゅうせず、であるぞ」

お得意の儒学の本の一節をとなえて、綱吉はふんぞり返った。

ＩＴＯの二人が光雄を連行し、披露宴は再開された。芝生を転がった七面鳥のローストは、将軍カフェで留守番していた犬たちへのごきげんなおみやげになった。

こうして、将軍カフェの新しい働き手も決まり、チズもはなぞのホテルにもどることになったのである。

＊

光雄はなぜか割烹着《かっぽうぎ》を着ている。

西洋趣味のダンディな綱吉の店で、それはちょっぴり浮いていたけど、犬たちの世話をするには、割烹着の方が落ち着くのだそうだ。大型犬四頭の散歩から帰った光雄は、お客たちに「いらっしゃいませ」と笑顔で挨拶《あいさつ》して、じゃれつく秋田犬の武蔵の頭を撫《な》で、頬をなめられ、それからカウンターの中に入ってグラスを磨きはじめた。

綱吉がリンゴのワッフルを運んで来る。

光雄という後任が決まって、今日のチズはお客として来ている。そのことで肩の荷がおりたのは確かなのだけれど、なんだか少しだけ寂しい。つい先日までは自分だってこのスタッフだったのに、犬たちにとっても、綱吉から見ても、チズはお客さんになってしまったのだと、ワッフルの美味《おい》しさをかみしめるにつけ、ほんのりした喪失感をおぼえるのである。

テーブルの向かいに座っている理央さんは、ひざの上に乗せたチョロ助の小さな背を撫でながら、やっぱり何かをいいたそうな顔をしてしきりとカウンターの方を見ている。

「あの――あの」

理央さんに声をかけられて、光雄がにっこりとほほえんだ。とっても感じの良い笑顔だ。だけど、それはかつての奥さんに向けた笑顔ではない。全てのお客や、雇い主の綱吉に向けるのと同じ笑顔である。

ロボットの光雄はあの事件の後で、ＩＴＯに連行されて未来の専門機関に移送され、修理された。理央さんに関するメモリを全て削除され、犬カフェ従業員の知識をインストールされて、この将軍カフェに届けられたのである。

光雄は善良で勤勉で、そして理央さんの夫ではなくなった。知人ですらなくなった。思わぬバグにより消去済みのメモリが復活しないように、理央さんは将軍カフェの客として以外は、光雄に接近することを固く禁じられている。

「あの——あの」

理央さんは、光雄に向かっていった。

「フルーツパフェを、二つ——」

「かしこまりました」

光雄はほかのだれにでも向けるのと同じ笑顔を、理央さんにも向けて爽《さわ》やかに応じる。

「理央さん、あたしたちワッフルも食べて、パフェも食べるんですか」

「ごめんなさい。実はちょっと……」

「光雄さんに話しかけてみたかったとか？」

「………」

理央さんはきまり悪そうに視線をはずすと、こくこくとうなずいた。

「ほんとうに、わたしのこと忘れちゃったんだなあって思って」

ティーカップのふちを、指先でなぞる。そんな理央さんを、チョロ助が大きな目で見上げている。

「あの人、心があるんです。すごく優しくて、わたしのこと、大事にしてくれたんです。マスターがこの子たちの一生をあずかっているみたいに、本当はわたしが光雄をまもらなくちゃいけなかったんです。わたしが、あの人を幸せにしなくちゃならなかったんです。なのに、わたしはひどいことをしました。わたしを殺せなんて、そんな指示を出したんですよ」

「そうかもしれないけど」

甘く煮たリンゴがさくさくするワッフルを、チズは味わって、飲み込んだ。

「理央さん自身が大変だったんですから。あんまり思いつめたら駄目だと思うんですけど」

「ありがとう。でも、わたしのしたことは、ひどいことです。それなのに、あの人にまだ、どこかで覚えていてもらいたいって思ってるんです」

理央さんは、光雄がフルーツパフェを持っていそいそとやって来たので、あわてて口をつぐんだ。

「お待たせいたしました」

光雄は感じの良い笑顔で、理央さんとチズの前に特大のフルーツパフェを置いた。

視線を感じてカウンターの方を見ると、綱吉が徳川将軍らしい思慮深さで——というか、たぬきオヤジっぽい底意の見えない顔付きで——というか、単にこちらの事情を察して見守ってくれていた——のかもしれない。

「あの——あの」

理央さんは光雄を見上げて、すごく困ったように言葉を選んでいる。

「はい？」

光雄はきらきらした目で理央さんを真っすぐに見た。チョロ助や武蔵たちもこんな目をする。疑いを知らない目だ。本当は、人に裏切られて捨てられて、つらい思いをしたのに。チョロ助たちはどこまでも優しい。簡単にメモリを書き換えられてしまう光雄も、やっぱり底抜けに優しい。

「今日はいいお天気ですね」

理央さんがそんなことをいうので、チズはずっこけそうになり、しかし光雄はうれしそうにうなずいた。

「はい、いいお天気でうれしいです」

「あの——あの。今、幸せですか？」

「はい」

光雄は満面の笑みでそう答える。そして、訊き返したときの表情が少しだけ尊に似ているとチズは思った。

「あなたも、幸せですか」

「はい、あなたと同じくらい」

理央は不幸だった未来とは、完全に縁が切れた。この時代の人間として生きてゆく幸せをかみしめながら暮らしている。そして、光雄は自覚できなかった不幸をリセットされて、綱吉に助けられた。二人が得た幸福の量は同じだろう。寂しさの量も同じだろう。

「よかったです」

光雄はいそいそとテーブルから離れる。

チズはもう一度、カウンターを振り返った。綱吉は古いプレーヤーにLPレコードを置いて針を落とす。『ムーン・リバー』のやわらかいメロディが店内を包んだ。

第三章　見習い陰陽師《おんみようじ》

1

はなぞのホテルのお客は、タイムマシーンに乗ってあらかじめ設定された時刻に到着する。だから、スタッフ一同は交替も当番もなしで、そろって昼食がとれるのだ。

支配人と吉井さんとチズ、そしてスタッフではないけどホテルに住み着いている時の仙人の四人で、今日もテーブルを囲んでいた。

メニューは親子丼《どん》と具沢山の味噌汁《みそしる》で、玉子は仙境のふもとの村から仙人がもらって来た。味噌汁の具も、チズと仙人が仙境で摘んだ山菜がたっぷり入っている。

四人の視線は、テレビを向いていた。

小型の液晶テレビは、ワイドショーを映している。支配人が口をもぐもぐさせながら、箸《はし》を持った手でリモコンを操作してチャンネルを変えた。画面にはローカルニュースが映し出された。

――警察本部の発表によりますと、犯行時刻は昨夜の十時から未明の間ということで、市民からの目撃情報をつのっています。場所は地下鉄若杉駅前近くで――。

市内にある高級輸入ブランド品店に、泥棒が入ったらしい。テレビのアナウンサーは、『窃盗《せっとう》グループ』という怖そうな言葉を使っていた。

「あら、うちの近くだわ」

吉井さんが、さも怖そうな、でも少しだけ得意そうな声でいう。良くないニュースではあるが、自分の近所がテレビに映っているのがまんざらでもないのだ。

「物騒ですね。戸締りをしっかりしなくっちゃ」

チズは吉井さんの能天気さを案じて口をはさむ。

「うちは大丈夫よ。給料が安いからお金持ってないの」

「三つ葉が奥歯に挟まったよ」

吉井さんのあてこすりを受けて、支配人が話をそらそうとする。

それと気付いた吉井さんは、意地悪をいった。

「年を取ると、歯と歯の間にものがはさまりやすくなるのよ」

「わしは、そんなことないぞ」

時の仙人が勝ち誇った。

「仙人さまは、加齢とか超越しているし」

チズが笑い出したころには、テレビの中の窃盗事件のことなど、皆どうでもよくなっていた。

不意のこと、事件を報じるテレビ画面が、フツリ……と暗転する。

同時に、冷蔵庫のうなりも消えた。

「停電？」

チズはリモコンの電源ボタンを連打してみたけど、テレビは「うん」とも「すん」ともいわなかった。「やれやれ」とか「めずらしいわね」とかいって昼食を再開しようとしたときである。

突然に、地響きをともなう轟音《ごうおん》がした。

おんぼろのはなぞのホテルの建物全体が揺れ、悲鳴と怒号と破壊音が同時に上がる。

ドアの外でガラスが割れる音が連続して起こり、スタッフルームの窓ガラスも弾《はじ》けるように割れた。建物が古いから、サッシではないのだ。

窓ガラスは、ホテルのほかの場所でも割れたらしく、遠くからも近くからも「ミシミシ」「パンパン」という音が聞こえた。

「なに？　どこ？　だれ？」

何が起こった？

建物が揺れたけど、それは一瞬だった。

ゆえに、地震ではないみたいだ。

はなぞのホテルのお客は全員チェックアウト済みで、建物に居るのはここに集まった四人だけ。ならば、あわてふためいた悲鳴はだれのもの？

突拍子もない事態に四人は丼《どんぶり》をもったまま、おろおろし、悲鳴や轟音が旅行室の方から聞こえることに気付いて総立ちになった。なにしろ、旅行室はタイムマシーンが設置された、はなぞのホテルの心臓部なのである。

「急がねば！」

支配人が箸を投げ捨てスタッフルームを飛び出し、残りの三人も続いた。

ロビーのガラスも、正面口の回転ドアのガラスも、粉々になって床一面に散っている。

破壊音は四人が駆けつける途中で、鳴りだしたときと同様に唐突にやんだ。悲鳴もまた、しかり。

支配人が鍵束《かぎたば》をじゃらじゃらいわせて開錠しようとしたら、蝶番《ちょうつがい》が落ちて、ドアが倒れ掛かってきた。彫刻がほどこされた重厚なマホガニー材のドアだ。

支配人は危うく下敷きになるところを、チズたち三人がとっさにドアを支えてことなきを得る。

ドアがそんな状態だから、旅行室はさんざんなことになっていた。

ペルシャ風のタペストリーは裂けてフリンジ状になり、油絵の額は壁や天井に突き刺さり、ギリシャ彫刻は転がり、シャンデリアは粉々で、假屋崎省吾《かりやざきしょうご》ばりのゴージャスな生け花は花瓶ごと四方八方に散っていた。

そのハリケーンの跡みたいなただ中に、一人の少年が居た。

水干《すいかん》（という大昔の上衣）に指貫《さしぬき》（という大昔の袴《はかま》）をはき、歩きづらそうな木靴と立烏帽子《たてえぼし》をかぶった、まだあどけない表情をした美少年だ。

「あ、どうも」

美少年は、駆け付けた四人に向かって可愛《かわい》くほほえんだ。そして、こう訊《き》いてくる。

「鬼、見かけませんでしたか？」

＊

少年の名前は、土御門一星《つちみかどいっせい》といった。

平安時代から来たという。

「タイムマシーンで来たの？」

チズは訊いた。でも、訊くまでもない。ほかにどうやって平安時代からやって来れるというのだ。

壊滅状態の旅行室の中で、タイムマシーンだけは奇跡的に無傷だった。ゴブラン織りにかぎ裂き一つできていないし、設置された場所から一ミリも動いていない。ただし、動作試験をしなくてはいけないと、支配人は難しい顔をしている。

「自己紹介してよ」

吉井さんが、少年の可愛い姿をじろじろ睨《にら》みながらいう。

「はい、よろこんで」

土御門一星というこの少年は、陰陽寮《おんようりょう》の得業生《とくごうしょう》だという。

陰陽寮というのは、時間を測ったり、天体観測したり、暦を発行したり、気象予報をしたり、占いをしたりする役所だ。役所で占いをするというのが、平安時代らしいけど、天体観測や時計の管理なんかも、今から見ると実に古風なことをしていたようだ。

得業生は、学生《がくしょう》という身分の中で、特に優秀な者に与えられる地位だった。「がくしょう」は「がくせい」みたいなもので、官吏になるための修業中の者である。

一星は陰陽師になるために勉強中の学生。つまり、陰陽師の見習いである。

鬼退治の実習のさなか、鬼に逃げられた。

その鬼を追って来たら、はなぞのホテルに辿《たど》り着いたとのことである。

「そんな軽くいわないでくれたまえ。大損害だよ、きみ」

はなぞのホテルは、館内全《すべ》ての窓ガラスが割れて、旅行室の内装は滅茶苦茶《めちゃくちゃ》なありさまである。これでタイムマシーンにまで異常が生じたら、戦闘機が買えるほどの修繕費用が要るらしい。支配人はさっきから、何かに取り憑《つ》かれたみたいにして電卓をたたいている。

「問題は、こんなハプニングで保険が降りるかだ……」

支配人は頭を抱える。

「鬼って本当に居るの？」

チズが素朴な疑問を投げると、一星は呆《あき》れたように笑った。

「普通、居るでしょう？　この時代には、居ないんですか？」

「居ないよ、普通」

鬼とは、権力者にまつろわぬ民とか、地方の攻め滅ぼされた勢力を暗喩《あんゆ》したものではないのか？

「えー、そんなわけないよ。鬼、居ますよ」

平安時代に自動車がないように、現代には鬼が居ない。そんなことなのだろうか？

鬼問題はいくら議論しても平行線をたどりそうなので、チズは話題を変えた。

「なんか、言葉が普通なんですね」

「え、そうですか？」

一星の目が悪戯《いたずら》っぽく笑った。そして「こほん」と咳払《せきばら》いをする。

「まろが思うがままなることのはは、こなたには……」

「やっぱり、普通にしゃべってください」

チズは支配人といっしょに「いや、いや」するようにかぶりを振った。

＊

「へえ。平安時代の陰陽師がねえ」

綱吉が感心したような、呆れたような声を出す。さっきまでにぎわっていた将軍カフェは、一時《いちどき》にお客が帰ってしまい、今はチズの貸し切り状態だ。犬たちはめいめいお気に入りの場所に陣取って、昼寝をしたりじゃれ合ったりしている。綱吉は鼻歌でリヒャルト・シュトラウスの『ツァラトゥストラはかく語りき』を「ふーんふーんふーんふふーん」と歌った。それがなぜか、古い小唄《こうた》みたいに聞こえる。

「あんたたちも、お客を選びなさいよ。ホテルのガラスが全部割れてしまうなど、大損害だろうに。わたしは、もう将軍じゃなくてカフェのおじさんなんだから、寄付なんかできないよ」

「選ぶも何も、急に出現しちゃったんですから。ガラスより、あたしたちの身を心配してくださいよ。その男の子ったら、鬼を見なかったか、なんていうんですよ」

「いやあ、昔の人は変なことをいうものだね」

綱吉は、自分も昔の人だなんて少しも思っていないみたいだ。

「心配といえば、このあいだ、人見くんが来ていたよ。おチズちゃんの許嫁《いいなずけ》の」

「え？　人見さんが？」

許嫁などといわれて、チズはおとぎ話の姫君にでもなった気がして、おおいに照れた。

「でも、なんでここに？　はなぞのホテルにもどったってメールしたのに」

S市に来て、チズのところに顔を出さなかったというのが、少しひっかかる。

「そりゃ、わたしに恋の指南をしてもらいに来たのさ。なにせ、わたしは江戸城大奥に君臨した、天下御免の絶倫の――」

「そんなこと、人見さんは知りませんよ。それに、天下御免ってどんな絶倫ですか」

チズは自分でいっていて、顔を赤くする。綱吉はふたたび、小唄みたいな調子で「ふーんふーんふーんふふーん」と歌った。

「人見くんの居る職場の先輩に、山田さんという者がおる。そやつに長男が生まれて、両親は嬉《うれ》しさのあまり、ちと変になってしまった。赤子の名を『ラー』と名付けたのだそうだ」

「ら……ラー？」

「太陽神、ラー」

「いやいや、ここ日本だから。エジプトじゃないから、ラーはどうかと……」

「うん。市役所の同輩も上司も、同じことをいっていさめたのだが、舞い上がってしまったパパは、どうしても『ラーくん』にするって聞き入れなんだそうだ」

「いやあ……。古代エジプトにならうにしたって、ツタンカーメンくんとか、ラムセスくんとか……になりませんかね？」

「おまえも、日本神話みたいな名前じゃないかと、人見くんは反撃されたそうだよ」

「確かに、人見さんの下の名前って、日本武尊《やまとたけるのみこと》みたいですもんね」

しかし、太陽神ラーと、日本武尊とでは、名前をもらうにしても比較にならないように思えるが。

「尊さんって、いい名前ですよね」

「おチズちゃんも、普段から苗字《みょうじ》ではなく『尊さん』って呼んであげなさいよ」

「え？」

チズは胸の内で「尊さん」「尊さん」とシミュレートして、思い切り照れた。

「いやですよ。照れますよ」

「おチズちゃんよ、そうやって許嫁と距離を置きたがるのは、一種の甘えじゃないかね？」

「甘えですか？」

「一体、おチズちゃんは、許嫁とイチャイチャしようという気はあるのか」

「やだなあ、ありませんよ、そんな」

チズは熱くなった顔を慌《あわ》てて押さえる。

そんなチズを、綱吉はチロリと横目で見た。

「人見くんは、いろいろと悩んでいた。恋心を打ち明けても、おチズちゃんがまともに向き合ってくれないってさ」

「え？　そんなことないですよ。人見さんといると楽しいし。いろんなことを打ち明けてもらっているし。そりゃあ、あたしははなぞのホテルに勤めているから、仕事の話はできないけど、でも——」

「人見くんは、おチズちゃんに聞いてもらいたがっていることがある。そこに寄り添うことこそ、嫁の務めであるぞ」

「嫁って……」

チズは照れてメロメロになった。

「おチズちゃんよ、恋に恋するのは、いい加減に卒業なさい。人見くんだって、いつまでもそんなおまえさんを待っていてくれるものでもないよ」

「むむ」

チズには綱吉からお説教されるわけがわからず、思わず口ごもる。コーギーの万作が短い脚でとことこやって来たので、話はそこで終わってしまった。

2

真鍋華絵《まなべかえ》は、御霊《ごりよう》神社の一人娘だ。

由緒《ゆいしょ》あるこの神社を継ぐために、女性ながらに神職の資格を取得して三ヵ月になる。まだまだ見習いの身の上だ。そんな新米神職の華絵に課せられた仕事は、境内の掃除である。

いついかなるときも静謐《せいひつ》な空間であるために、神社は完璧《かんぺき》に掃き清められていなければならない。父である宮司は、唾《つば》を飛ばして、檄《げき》を飛ばした。

——一に掃除、二に掃除、三にも掃除、四にも掃除、五にも掃除だから。

——三、四がなくて、じゃなくて？

——あるの。三も四も掃除。ひたすら、掃除。

思えば、どこの神社に行っても、境内は清々《すがすが》しく掃除されている。

それは、神職と巫女《みこ》が、ひたすらひたすら掃除をしているためだと、華絵は自分が掃除する立場になって初めて知った。

華絵が神職になるのを父が心待ちにしていたのは、自分の担当だった掃除を、否応《いやおう》なく華絵に押し付けられると思ったからにちがいない。

（うー、パパめー）

そんな華絵だが、神職になれたのが嬉しくて、近所のハンコ屋さんで『御霊神社　神職　真鍋華絵』という名刺を作ってもらった。出来上がったのを眺めているうち『神職』というよりも『出仕』の方が神社業界の人らしくってよかったかもと後悔した。出仕というのは、見習いって意味なんだけど。

（作り直してもらおうかなー）

御霊神社の出仕である華絵が鬼を見たのは、掃除に明け暮れた昨日に続く早朝、相も変わらず竹ぼうきで境内を掃いていたときのことだった。

末社という、神社の祭神とはまた別の神さまを祀《まつ》る小さな社《やしろ》の前に、そいつは居た。

身の丈、二メートル超。

頭に一角獣のごとき角が生えていて、漆黒の髪はパンチパーマにそっくりである。

肌の色は赤面した男子中学生みたいに赤く、全身が黒い毛でおおわれ、虎《とら》柄のパンツをはいている。

もう、ステレオタイプの鬼、鬼そのもの。

華絵は竹ぼうきにしがみつき、一瞬で五メートルくらい後ずさった。

石灯籠《いしどうろう》にぶつかってとまり、目と口をぽかんと開けて顔をひきつらせた。

（鬼――鬼じゃん）

講習では鬼が出たときの対処法なんて、習わなかった。試験問題にもでなかった。

（てことは、警察――いや、保健所？）

じゃないでしょう。鬼が出たら、やっぱり寺とか神社でしょう。

（いやいやいやいや、無理無理無理無理）

華絵は竹ぼうきを捨てると、一目散に社務所に向かって走り出した。

神職たるもの、決して境内で取り乱すべからず。常に泰然自若として、神に仕える者としての自覚を持ち――。

父に教わった心得なんか、もうそんなことといってる場合じゃない。

「パパー！」

小学生のように駆けて来た娘を見て、宮司たる父は苦い顔をした。

「華絵、いつもいっているだろう。神職たるもの、決して境内で取り乱すべからず。常に泰然自若として、神に仕える者としての自覚を持ち――」

「じゃなくて、鬼が出たの、鬼、鬼、鬼！　黒くて、赤くて、角があって――」

華絵は取り乱すあまり、地団駄を踏んで両手をばたばたさせた。

鬼とな？

父は顔をしかめる。

おおかた、昨夜もゲームをやりすぎて、まだ寝ぼけているのだろう。

それでも華絵の様子があまりに真に迫っていたため、しぶしぶ、娘について末社へと向かった。

果たして、鬼は居なかった。

父の顔には「案の定だ」と書いてある。

「華絵、もう深夜までゲームをするのはやめなさい」

「えー、それはできないよ。あたしが行かないと、パーティの皆が狩りに行けないの」

「意味不明なことをいうな」

「だから、ゲームとか関係ないの。鬼が居たの――」

華絵の言葉は途中でとぎれる。

末社のご神体である丸岩が、ゆっさゆっさと揺れているのに気付いたのだ。

そのとき、神職父娘は、同時に異様な波動を感じ取った。それは、背後にある本殿から発していた。

ふたりは、そろって同じ動作で振り返る。そして、息を飲んだ。

――鬼来たる。汝《なんじ》を滅ぼさんがため。

本殿の板壁に、毛筆で、黄色ペンキで、そう書かれていた。一文字の大きさが人の頭くらい。縦書きの筆運びは豪快で達筆である。

「悪質な……」

父が呻《うめ》いた。

華絵は、父のいうとおり悪質な落書きを見て、少しだけ安心した。これはもはや、神社の管轄《かんかつ》ではなく、警察に任せるべき案件だと思えたからだ。

＊

御霊神社に鬼が出て、おまけに黄色のペンキで本殿に落書きをされたことは、地元の新聞を賑《にぎ》わせた。

その一週間後、市内W区にある野々村氏宅で、早朝に出勤して来た家政婦が住宅の塀に黄色い文字で殴り書きがされているのを発見した。

――この一家、全員死ね！

家政婦は慌てて住宅に駆け込み、野々村家の皆に見たばかりの剣呑《けんのん》な落書きのことを告げた。

一家の主人、妻、息子と息子の嫁と孫が出て来て、唖然《あぜん》とそれを眺めた。

黄色の落書きは、横書きで字は下手くそだった。直情的な文句から発せられているのは、悪意、反撥《はんぱつ》、そして劣等感だと、皆が感じ取った。

会社を経営し高額納税者であるこの家の者たちは、周囲の人間が自分たちに対し漠然となから持つそういった感情に慣れていた。しかし、面罵《めんば》のごときこの悪意のほとばしりを、いつもどおり受け流すのは難しい。

「警察に届けませんと」

家政婦が、おろおろしていった。

「いや、それは駄目だ」

主人は難しい顔でかぶりを振る。

主人はホームセンターに運転手付きのセダンで乗り付けた。開店時間までいらいらと待ち、落書き消しスプレーなるものを購入して帰ると、手ずから落書きを消した。

そのせいで午前中の会議に出席できなかったので、会社の専務以下、常務、各部長、室長、課長などが踏み絵でも踏むように集まって、野々村氏を手伝った。

そのような奉仕にもかかわらず、野々村氏は苦虫をかみつぶした顔で終始無言だった。

＊

はなぞのホテルは、時の仙人が暮らす二〇一号室をのぞき、全館の窓ガラスが割れてしまった。

それで、出入りのガラス屋を呼んで修繕を頼んだ。やはり出入りの工務店にも連絡を入れて、旅行室の内装を直してもらっている。

双方とも、ＩＴＯの息のかかった業者で、はなぞのホテルのような『時空建築』を扱うのに慣れている。しかし、念のためにタイムマシーンは時の仙人の仙境に移動させていた。

これは、はなぞのホテルにとってちょっとしたイベントだったが、食事抜きなんて言葉は辞書にない一同のこと、やはりそろってまかないの昼食を食べている。

メニューは野菜サンドイッチとコーンスープとタコさんウィンナーである。いつもの四人に加え、おさわがせの土御門一星も加わっていた。

一星は水干に指貫だと目立つので、一般の時間旅行者用の服装を借りている。スタンドカラーの白シャツに、サスペンダー付きの縞《しま》ズボン。白い靴下に革靴である。

小柄で端正な少年なので、着せ替え人形のように可愛らしい。

「吉井さん、リモコンをとってください」

「はいよ」

支配人は、毎度決まった時間に、テレビのチャンネルをワイドショーからローカルニュースに切り替える。いつもの喜怒哀楽の表情の豊かなキャスターが、深刻な顔でニュースを読んでいた。

――このところ市内で多発していた落書き事件に加え、何者かに家の中が荒らされるという被害が相次いでいます。家の中が荒らされた現場では、これといって紛失したものもなく、いずれも愉快犯の犯行と思われます。県警察本部では、両者に接点がないかということも含めて、捜査を進めています。

テレビ画面には、落書き被害の映像がアップで映し出された。

いずれも黄色のペンキを使い、縦書きの堂々とした楷書体《かいしょたい》で、

――御油断召さるな、禍《わざわい》はここに。

――いざ、万物を滅ぼさん。

――呪《のろ》われし者、見参。

などと、ちょっとまちがった暴走族みたいなことが書かれている。

ほかにもさらし首とか、大蛇、雪男、ナマハゲみたいな怪人像の絵が描かれていることもある。だが、それだけならば世間はさほど騒ぎもしなかったのかもしれない。

これらが書かれてあるのは、城址《じょうし》公園の石垣や、ビルの高層階や学校の最上階の外壁、高架橋など、ちょっとやそっとじゃ手の届かない場所なのだ。

高所作業車など使わなければ、こんなところには文字など書けない。いや、ビルの高層階になど高所作業車でも高さが足りない。お濠《ほり》沿いの石垣になんか、そんなクルマは入っていけない。

同じタイミングで起こった住宅荒らしも、気持ちの悪い事件だった。

富裕そうな家が狙われて、中がしっちゃかめっちゃかに荒らされているのである。畳をひっくり返したり、襖《ふすま》や障子を破られたり、カーテンやカーペットを引き裂かれたり、棚に並べたものを全て投げ出されたり。

これらの現場には、鋭い爪痕《つめあと》のようなものが残されている場合もある。

警察の調べでは、大型哺乳類《ほにゆうるい》の爪によるものだということだ。

そこで画面は、熊《くま》の生態に詳しい猟友会の東海林大輔《しょうじだいすけ》氏のインタビューに移った。

「鬼のしわざかもしれません」

サンドイッチを美味《うま》そうに食べながら、一星がいう。

「実習用の鬼なんでしょう？」

「そうですよ」

ずずずずっ……と、一星はコーンスープを飲んで幸せそうに息をついた。

「見習いさんの実習のための鬼でも、こんなに強力なっていうか、強烈なの？」

「そうですよ。鬼ですから」

一星は平然という。

チズはいささか腹が立った。

「これって……、ひょっとして、きみのせいだよね」

「そうかもしれません」

タコウィンナーを頭から頬張り、一星はにっこりする。

「そうかもしれませんって、ちょっとのんきすぎない？」

憤然とするチズを制して、支配人が問いを続けた。ホテルの修繕に保険がおりると決まったので、支配人はしごく理性的なのである。

「一星くんは、その鬼を捕まえるために来たわけですよね？」

「はい」

もぐもぐしながら、一星はうなずいた。

「桜井さん、今日から一星くんのお手伝いをしてください」

支配人がとんでもないことをいいだすので、チズはコーンスープでむせた。

「はいー？」

なんで、いつもあたしなんだ。

抗議を顔に出したけど、修繕費が保険でまかなえると知った支配人は、一人大船に乗ったつもりになっていて、どんな意見も受け付けそうになかった。

3

最初の落書きが発見された場所は、A区の御霊神社だ。

A区は官庁街、オフィス街、中央商店街、飲み屋街、そして城下町時代の旧市街地を含む地域である。チズの意識の中では、家賃が高い場所という位置づけになっている。すなわち、格式の高いエリアだ。

御霊神社は、そのA区の史跡の多い辺りに建っていた。

御霊神社もまた、江戸時代の初期から続く由緒のある社殿だ。

末社のご神体が揺れるというので、周囲が立ち入り禁止になっている。

しかし、それを目当てに参拝——というよりも見物に来る野次馬が、境内に目立った。

境内を掃除している巫女さんを見付けて、チズと一星は走り寄った。

「あの、すみません。あたしたち、S大学陰陽道研究会のものですが」

もちろん、ウソである。

「ここの巫女さんですよね」

「一応、神職です」

水色の袴を着けた巫女さんのような女性は、チズと一星に名刺をくれた。

御霊神社　出仕　真鍋華絵。

「ああ、見習いですかぁ」

一星がかんらかんら笑うので、チズが脇腹《わきばら》をド突いた。

華絵さんはこぶしを口に当てて咳払いをすると、チズたちの顔をじろり、じろりと見る。

チズは懸命に笑顔を作った。

「ここの本殿に落書きされた事件について、お聞きしたいんです。犯人に心当たりありますか？」

「ありませんけど」

華絵は、ぶっきらぼうに答える。「見習い」といわれてヘソを曲げているようだ。

一星は華絵の憤慨には頓着《とんちゃく》せず、くんくんと鼻を動かす。

くんくん、くんくんくん……。

そして、急に顔を上げると華絵さんをまっすぐに見据えた。

「鬼、来ましたね？」

「はあ？」

一星は、急にしゃがみ込んで黒糖かりんとうのようなものを拾った。いや、犬のフンである。地面に落ちているときならともかく、こうして持ち上げて顔に近付けると、ひどいにおいがする。

「犬のではありません。鬼のフンです」

一星が大真面目《おおまじめ》にいうので、チズは笑い出した。

「まーた、また」

でも、華絵さんはまだ仏頂面《ぶっちょうづら》のままだ。

「鬼ですか」

「ええ。鬼が、来ましたね？」

「まさか」

苦笑してかぶりを振る華絵さんに、一星はぐいっと顔を近づけた。

「鬼の主食、何だか知ってますか？」

「わかりませんけど」

一星は無礼にも人差し指をまっすぐ伸ばして華絵さんを指す。

「美女です」

面と向かって「あなたが美女だから、鬼に狙《ねら》われる」といったのと同じである。

美女といわれて、華絵さんは少しだけ嬉しそうな顔をした。

しかし、鬼に狙われるというのだから穏やかではないのだ。

さりとて、二十一世紀の今、鬼といわれてもねえ、とチズは華絵さんの気持ちを慮《おもんぱか》った。

（あたしなら、百パーセント信じないけど）

一星は、そんなの少しも気にしていないみたいだ。とことんマイペースな少年らしい。

「精進潔斎を行ってください。具体的に何をするかというと、白衣を着て、食事道具を新しいものに替え、家族とは別に調理したものを食べます。彼氏と……そのぅ……セックスはいけません。五辛、すなわち、ニンニク、ラッキョウ、ネギ、ニラ、アサツキを食べないこと。肉も魚もいけません。外出は駄目です。神社の境内から決して出ないでください」

「そんな面倒くさい」

華絵さんは文句をいった。

でも、そういってくれるだけ手ごたえがある。

チズが華絵さんの立場ならば「あー、はいはい」といって、追い返してしまうだろう。それから友だちのカンナに電話をして、笑い飛ばしてしまうにちがいない。美女といわれたことは、もちろん話すだろうけど。

しかし、華絵さんはさすがに神職だけあって（?）、一星の言葉を一応は聞くつもりのようだ。もっとも、すごく後ろ向きにではあるのだけど。

「それを、いつまでやるんですか?」

「わたしが鬼を退治するまでです。退治したら、ご連絡しますから」

一星は爽《さわ》やかな笑顔で、はきはきといった。

「わかりましたから、お引き取りください」

華絵さんは、ちり取りにゴミと落ち葉を集めると、立ち去ってしまった。

やっぱり、チズたちは変な人に認定され、鬼の話は真に受けてもらえなかったようだ。無理のない話ではある。

「行きましょう。警告はしました。あとは、あの美女が鬼に食われようと、自己責任です」

「自己責任じゃないでしょう。実習の鬼を逃がしたきみのせいでしょう」

「だから、警告したんじゃないですか」

「きみって、すごく自分勝手だよね。友だち居ないでしょう」

「親友が居ますけど」

「うそだよ、居ないよ」

「居ます」

チズたちはいい争いながら境内を出る。

「鬼があそこに行ったっての、本当なの？」

「あのフンは本物ですよ。鬼は確実にあの神社に入り、あの見習い神職を食いたいと思ったはずです。鬼の好みですから」

「鬼って本当に美女を食べるの？」

「ええ。絵巻物にそう書いてあります」

そんなのまるで信憑性《しんぴょうせい》がないじゃないか、と思った。

一星は先に立ってすたすた歩くと、慣れた様子で地下鉄に乗る。はなぞのホテルから借りたICカードの使い方も、手慣れたものだった。

城址公園に行って石垣の落書きを、それからビルの壁、学校の壁、高架橋などを見に行った。

黄色のペンキの落書きは、まだ生々しく残っているところもあれば、すでに消されてしまっていたりもした。

ニュースで報じられていたように、落書きはどれも落書きのレベルを超えている。大がかりな足場を組んで書いたなら別だけど、そんなことをしたという形跡もなければ、そんなことをする理由もないはずだ。そんな工事に、だれもOKなんか出さない。

荒らされた民家の様子もまた、しかりだ。泥棒をするでもなく何軒もの家を荒らしつくすなんて、だれが何の理由でそんなことをする必要があるのか。

「まったくですよ。まずは、中を見てください」

よっぽど憤慨したのか、混乱しているのか、家を荒らされた人たちは、S大学陰陽道研究会を名乗るチズたちの訪問を怪しまずに家に入れて見せてくれた。

それは、鬼が出現したはなぞのホテルの旅行室のありさまによく似ていた。

あんまりひどいので、どう片付けていいのやら、被害者たちは途方にくれている。

チズたちは、部屋ごとミキサーにかけたようなそのありさまを見せられ、損害に対する愚痴もたんまり聞かされた。ただし、何度確認しても、お金や貴金属などを盗まれた家はどこもなかった。

最後に訪れたのは、野々村という豪邸である。

ここは、水産加工品を作っている地元最大手の会社社長宅で、被害は家荒らしではなく落書きの方だった。

家の塀に『この一家、全員死ね！』と書きなぐられていたという。

これもまた、鬼の仕業なのか。

一星は応対してくれた奥さんと家政婦の前で、盛り塩をして切麻《きりぬさ》を撒《ま》き、チズたちにはチンプンカンプンに聞こえる呪文《じゅもん》を唱えた。

奥さんがスマホで撮った落書きの写真を見せてくれた。

黄色いペンキで、横一文字に問題の文字が連なっている。

書き方の勢いに、犯人の凶悪さがにじみ出ていた。

「きれいに消えていますね」

「ええ、主人が自ら落書き消しを買いに行って、すぐに消しました」

「マメなご主人でいらっしゃる」

「ご近所の手前もございますから、あんなものを残してはおけないと思ったのでしょう」

「ふむ」

一星はいっぱしの大人みたいに、顎《あご》を撫《な》でながら考え込む。

「家族構成を教えてもらえますか？」

儀式が終わった後で、一星は奥さんに向かって訊《き》いた。

「主人とわたくしと、長男夫婦と孫が一人です」

奥さんは視線を合わせないでいった。一星の目が、きらりと光った。美少年だからおどけたしぐさも可愛いのだが、そのおどけたしぐさで奥さんの視線をつかまえる。そして、にっこりと笑った。

「もう一人、居ますよね」

「………」

奥さんが黙ると、一星は陰陽師っぽい所作をしてみせた。

人差し指と中指をぴんと伸ばして眉間《みけん》に押し当て、難しい顔でむにゃむにゃといった。

これで何かすごい霊能力者に見えてしまうんだから、かえすがえすも美少年とは得な生き物だ。

「あの子は……」

一星に操られて、奥さんは口を割った。

「あの子のことは、わたしどもは、もはや家族とは思わないことにしているんです」

「ご次男ですね」

一星はいい当てた。

あながち、ただの当てずっぽうのハッタリ屋ではないのかもと、チズは少しだけ尊敬の目で見た。

「ご次男の名前は？」

「卓也《たくや》と申します」

チズはこっそりスマホで検索してみる。そしたら、不肖の次男・野々村卓也の記事がヒットした。

――S市W区在住の野々村卓也（25）を、窃盗《せっとう》の容疑で逮捕――。

――犯人グループを率いていた野々村卓也（28）は、S市在住の無職――。

――主犯格である野々村卓也（30）は、過去にも同様の犯行を繰り返していて――。

同姓同名の他人でなければ、この家の次男はそうとうな悪党らしい。

「あの――卓也がああなってしまったのも、悪い霊に取り憑かれているせいじゃないんでしょうか？」

奥さんは、霊感商法のカモみたいなことをいった。

ここでもったいぶったことをいえば、話をもっと引っ張れるのだろうけど、一星はきっぱりとかぶりを振った。

「いいえ。ご次男の問題行動に関して、霊障は関係ありません。単に、ご次男が馬鹿《ばか》なのです」

「馬鹿って……」

母親としては、他人にそこまでいわれるのは愉快なことではなかったらしい。一星のことをキッと睨《にら》んだ。

「では、ごきげんよう」

一星はうやうやしい礼を残すと、チズを引っ張って野々村家を辞した。

振り返って見ると、野々村の奥さんがこっちに向かって塩を撒いている。次男のことを「馬鹿」とはっきりいわれたのが、よっぽどシャクに障《さわ》ったらしい。

「ちょっと、一星くん。何もあそこまでいわなくても……。話し方しだいじゃ、もっとつっこんだ事情を教えてもらえたでしょうに」

「いや、いいんです。あそこで知るべきことは、全て知りました」

「じゃあ、何を知ったってわけ？　あたしは、何が何だか、さっぱりわからないんだけど」

「それは、ですね――」

得意そうに人差し指を立てた一星だが、その先を続けることはできなかった。

後ろから来たスモークガラスの黒いバンが、二人の横で停まった。

それは路肩を歩くチズたちに触れそうなほど近い位置だったので、思わず文句が口をつく。

「何だよ、危ないなあ」

しかし、危ないのは、そんなことではなかった。

バンから四人の男たちが出てきた。

彼らはチズたちをひっぱり、手で口をふさぎ、頭を押さえつけるようにしてバンのリアシートに押し込んだ。

煙草《たばこ》のにおいと、汗のにおいと、それから何ともいいようのない悪いにおいがした。

おそらくそれは、心が腐ったにおいだったのだろう。

シートに押し付けられると同時に、目と口を粘着テープでふさがれた。

両手も後ろに回されて、乱暴にテープで結わえられてしまった。

「んーんーんー！（なんですか、放してください！）」

「んーんーんー！（チズさん、ここはおとなしくした方がいいです！）」

うなる二人を乗せて、黒いバンは走り去った。

4

バンは二十分ほど走って停まった。

二十分というのは、チズの感覚で測っただけだから、もっと長かったのか、あるいは短かったのかはさだかではない。カップ麺《めん》がふやけるよりはずっと長かったし、テレビのドラマを観《み》終えるよりならずっと短かった。そんな感じだ。

クルマは唐突に停まり、チズたちは乱暴に外に出された。

背中をこづかれて、建物の中に入ったらしい。

目隠しをされているので何も見えないけど、風の当たる感じの変化で、屋内であることがわかった。

外も、建物内も、ほかに人の気配がしなかった。

目隠しされた状態で階段を上らされる。

これがすごく危なっかしくて、チズは何度もつまずいた。そのたびに、怖い声で怒られる。

だまし絵の無限階段を上っているかと思うくらい、つまずき続け、上り続け、目的の階に着いたらしい。

廊下のようなところを歩かされ、ドアの開く音を聞いた。

そこを通り過ぎると、ひどく乱暴に突き倒される。

倒れた肩をつかまれて、目と口を覆《おお》っている粘着テープをはがされた。まつ毛や眉毛や髪の毛がくっ付いているので、痛いのなんのって――。

「きゃ……え？」

悲鳴が口をついたが、目の前に立つ男たちの中に、覚えのある顔を見付けて唖然となった。

それは、ついさっきスマホで検索したニュース記事に掲載されていた男――野々村家の不肖の次男・野々村卓也だった。

中肉中背、顔は少しだけ野々村家の奥さんに似て整ってはいるけど、すごく人相が悪かった。『二十歳の顔は自然から授かったもの。三十歳の顔は自分の生き様』とココ・シャネルはいったそうだけど、卓也の顔には、良からぬ生き様が怖いくらいに現れていた。

男たちは、粘着テープでチズと一星の足をしばった。これでは逃げられない。

「おまえたち、何を嗅《か》ぎ回ってるんだ？」

野々村卓也は、軽薄な声にドスをきかせてすごんだ。

「おれたちの仕事の邪魔をしていたのも、おまえたちなんだな」

この男は、何をいっているのだと、チズは思った。

こっちは、一介の客室係のアルバイトと、見習い陰陽師だ。窃盗団の邪魔なんかできるスキルはない。

なのに、野々村卓也はそうとうに頭にきているらしく、チズたちを憎悪《ぞうお》のこもった目で睨み、そしてこういいはなった。

「おまえたちは、生きて帰さないからな」

チズは恐ろしさと憤慨で、全身がわなわなと震えてきた。

いったい、何を食べたらこんな悪いことができるんですか！

チズが何もいえずに震えていると、男たちは出て行ってしまった。

口からテープを剝《は》がしたのは、助けを呼んでもだれも来ないという意味だろう。目隠しを外したのは、言葉どおり「生きて帰さない」から自分たちの顔を見られてもかまわないからだろう。そうと察して、泣きたくなった。

「状況を整理してみましょう」

一星があきれるくらいに理性的にいう。

「そんなの無駄だよ。どうせ殺されちゃうのに」

「もやもやしたまま死んだら、怨霊《おんりょう》になりますよ」

「怨霊になるもん。化けて出るもん」

「やれやれ」

一星は呆《あき》れたように長い息をつくと、視線を上げて勝手にしゃべり出す。

「ここは、どうやら廃工場か廃ビルらしいですね。倒産した会社の不良債権ってとこでしょうか」

まったく余裕のないチズではあったが、ひとけの無さとこの静寂は、確かに広くて廃棄された場所だというのは理解できた。

一星は続ける。

「建物や石垣に落書きしたのは、まぎれもなく鬼のしわざです。ただし、野々村家の落書きだけは別です。あれだけ横書きだったし、言葉使いが稚拙で、文字も下手だ。あれは不肖の次男・卓也のしわざです。落書きのニュースを見て、真似《まね》をしたんでしょう。あれ馬鹿な男だなあ」

その馬鹿な男に、自分たちは殺されそうになっているのだ。批判などしている場合ではない。

（でも……）

と、思う。

落書きを見抜かれただけで、殺人など犯すだろうか？

落書きは確かに良からぬ行いだが、殺人をしてまで隠したい罪か？

ほかの落書きは犯人が別なんだから、すなおに家族に謝ったら済むではないか？

「いやだなあ。チズさんはそんな理由で、わたしたちが捕まったと思ってたんですか？」

「落書きしたのが卓也だってのも、わかんなかったよ」

「ははは。のんきな人だなあ」

こんな場合に「ははは」なんて笑っている一星には、そんなことをいわれたくないと思う。

「お金持ちの家を荒らしまわったのは、野々村卓也が率いる窃盗団のしわざです。でも、あいつらは何も盗めなかった。それには、理由がある」

「どんな理由？」

「それは、まだ確証がないのでいえません」

確証を得る前に、卓也たちがもどって来て殺されてしまうのではないか。そう思うと、一星のいうのが、いかにものんきに思えてしまう。そんなのんきな少年に「のんきな人だなあ」といわれたのが、思い返すだに口惜《くや》しい。

一星はそんなことなどお構いなしに、しきりに身じろぎしていた。

「急急如律令《きゅうきゅうにょりつりょう》」

「え？」

呪文のようなものをとなえてもぞもぞする一星を振り返ると、彼は突如としてバンザイをして立ち上がった。

手足の粘着テープが、いつの間にか外れているから、チズはびっくりした。

「すごい、どうやったの？」

「陰陽師ですから」

一星は無邪気に得意がっている。

チズは拘束されたままの手足をばたつかせた。

「あたしのも外して！」

「承知しました」

不自由な状態から自分の縛《いまし》めはごく簡単に解《ほど》いたくせに、チズのテープを外すのは案外に手間取った。

その間にも男たちがもどって来ないか気が気でない。

自由になる前に敵が来るという危惧《きぐ》は、不幸にも的中した。

いや、それより悪い事態が迫っていた。

突然のことである、一星が最初に現れたときに聞いた振動と轟音《ごうおん》が、床を揺らしチズたちの鼓膜を叩《たた》いたのだ。

甲高い音の波が壁を、ドアを、窓を同時に震わせた。

その波動が、窓ガラスを一瞬にして粉々にする。まるっきり、はなぞのホテルに起きた騒動といっしょだ。

（……ということは）

「やつが来た！」

チズのテープをはずす一星の手が止まった。

「やつって？」

「鬼ですよ、鬼！」

一星が叫ぶ。

「早く、早く、一星くん！」

「暴れないでください！」

ようやく手の自由がもどり、チズはいそいで足首を縛るテープをはぎとった。

「逃げよう！」

そういったとき、ドアが蹴《け》破られた。

そして、そいつが来たのである。

すごい背高の——二メートルくらいある、胸板なんか厚いの何のって感じで、漆黒のパンチパーマ状の髪の間から鋭い円錐《えんすい》の角が生え、顔なんか真っ赤っ赤で、とどめに虎柄のパンツをはいている、正真正銘の鬼だ。桃太郎の絵本に出て来るような鬼なのだ。

「――――！」

鬼はゴジラそっくりの声で吠《ほ》えた。

そのせいで、サッシの枠に残っていたガラスが、全《すべ》てはじけ飛んだ。

「あ、天女！」

一星がガラスのなくなった窓を指して、すっとぼけた声で叫んだ。

鬼の金色の目がそちらに向く。

「今だ！」

一星がチズの手をつかんで、鬼に突進した。いや、鬼の後ろにあるドアに突進したのである。

「――――！」

鬼は吠え、ネイルサロンに行きたてみたいに光る爪で、チズたちをつかもうとする。

スカッ！

間一髪のタイミングで逃れて、二人は廊下に飛び出した。

階段を駆け下りる。

後ろで、まだ鬼が吠えている。

「こっちです」

一星はチズの手をつかんで、走る。

振り返って見ると、鬼が階段から降りて来るところだった。足が大きすぎて、人間仕様の階段は上り下りが苦手らしい。

その間に、一星は重たいドアを押し開けて外に飛び出した。

なるほど、そこは廃工場に隣り合った廃ビルだった。

船井水産加工株式会社という、錆《さ》びた看板が立っている。

野々村卓也の生家も水産加工会社だから、ここは商売敵の会社というわけか？　あるいは、父親の会社が債権者になっているのかもしれない。

そんなことを思ううちにも、鬼はパンチパーマを風で逆立てて追ってくる。

絵本でなければ、お目にかかれないような光景だ。

チズたちはフェンスを乗り越えて道路に出ると、あとはもう一目散に走った。

廃屋から空き地へ、住宅から路地へ。

そのとき、自転車に乗って見知った人がこちらに来るので、チズたちは悲鳴を上げてしまった。よりにもよって、鬼に目を付けられた真鍋華絵が、こんな場面に現れたのである。

「タイミング、最悪だよ！　精進潔斎してくださいっていったのに！」

一星は泣くような声を上げた。

その声が届き、粘着テープのせいでさんざんに髪を振り乱したチズたちの姿を認め、そして後ろから追って来る鬼を目《ま》の当たりにして、華絵は甲高い悲鳴を上げた。

「早く神社へ！」

「はい――はい！」

華絵も、さすがに四の五のいい出す余裕などなかった。

血相を変えて自転車の向きを変えると、一目散に漕《こ》ぎ出す。

チズたちも、懸命に駆けた。

その後ろから、鬼が追って来る。

「――――！」

ゴジラみたいな声が、沿道の家々の窓ガラスを割った。

道路に飛び出して来た人が、鬼を見て硬直する。

鬼は、それらの人たちには目もくれなかった。ひたすらこっちを追って来る。

野々村卓也たちに閉じ込められた廃ビルが、御霊神社の近くだったのは、良かったのか悪かったのか。

華絵と鬼が出会う結果となってしまったが、逃げ込める先が近くにあったのは、チズたちにとっては幸いだったかもしれない。

自転車の華絵に続いて鳥居の中に飛び込む。

華絵は自転車を捨てて、参道を奥へ奥へと逃げた。

チズたちも、それに続く。

本殿のうら、丸岩のご神体を祀《まつ》る末社の辺りまで来ると、一星はあぐらをかいて座った。

「一星くん、どうしたの？」

「静かに」

一星が九字《くじ》を切る。

空中に、蛍光ピンクの網のようなものが生じた。

「――――！」

咆哮《ほうこう》とともに、鬼が現れる。

「一星くん、来ちゃったよ」

「お静かに」

一星は、もはや逃げるそぶりはみせなかった。

その口から出る言葉が、刃物に変わって鬼へと一直線に飛ぶ。

鬼の咆哮は、それを氷のように溶かした。

一星の刃と、それを溶かす鬼の咆哮。

攻防は続き、しかし、じりじりと鬼はこちらに近付いて来る。

「一星くん、来ちゃうよ」

「お静かに。──臨──」

鬼の体が九字による網に絡《から》まったとき、その網が爆竹のように爆《は》ぜた。

鬼の口から出る叫びが、今までとは少しちがって聞こえた。

（やっつけた？）

チズは目をきょときょとさせて、鬼と一星とを見比べた。

そのとき、一星のうしろでご神体の丸岩がもこもこ動き出したのを、チズは唖然と眺めた。これだけ変なことが起こっているのだから、岩くらい動いてもどうってことないのだが。

しかし、岩が割れて風が巻き起こったとき、チズは鬼を見た瞬間よりも驚かずにはいられなかった。

華絵がチズの肩を抱いて地面に伏した。

「生年月日を唱えてください！」

「はい？」

「だから、自分の生年月日を唱えるんです！　自分が今の時代に属する者であることを、神さまに伝えるんです！」

華絵が有無をいわせぬ強い調子でいった。

「は……はい」

平成八年九月二十日、平成八年九月二十日、平成八年九月二十日、平成八年……。
チズを地面に押さえつけながら、華絵も同じように唱えている。
平成十年三月四日、平成十年……。
丸岩はいよいよ踊り出すように激しく揺れている。
「え……？」
音を立てて、猛烈な風が吹いた。
鬼の後ろから、岩に向かって吹き付けている。
それはなぜか、チズたちにはほんの微風にしか感じられなかった。
しかし、一星と鬼にとっては、そうではなかった。
二人は足が浮き上がり、空中遊泳するように体が地面と平行になる。
そして、割れた岩へと引き寄せられる。
すぽん。
ふくらましたほっぺたを叩くような、ちょっと間の抜けた音がした。
その瞬間、ご神体の丸岩は一星と鬼を飲み込んで、元どおりに閉じてしまった。
うそのような静寂が辺りを包んで、チズはおろおろと起き上がる。
「一星くん――一星くん？」
ご神体は、もはや微動だにしなかった。

鬼の足跡も、風が消して行く。

チズはその場で日が暮れた後までも待ったが、一星も鬼も二度と現れなかった。

＊

翌日、神社で起こった怪異を支配人に説明した後、いつもと同じ午前中が過ぎていった。

お昼になると、吉井さんがまかないの昼食を作ってくれて、支配人や時の仙人もいっしょに食べた。

この場に一星が居ないことが、チズの気持ちを沈ませていた。

岩に飲み込まれてしまった人の救助方法を時の仙人に訊いたが、そんな出来事など見たことも聞いたこともないという。仙人でさえ知らない超常現象なのだから、もはや打つ手なしだ。

支配人が、テレビのチャンネルを変えた。

ローカルニュースのお馴染《なじ》みのキャスターが、窃盗団の逮捕劇を報じていた。

主犯格の野々村卓也と仲間たちが、警察に出頭したというのである。一味五人は、注《し》連縄《めなわ》でぐるぐる巻きにされて、県警本部の正面口に座っていた。全員が意味不明のことを口走っているので、警察は違法薬物の使用に関しても調べを進めているとのこと。保護されたとき、野々村卓也たちは怯《おび》えきって助けを求めていた。

――鬼が出たんだ。食われるかと思った。

もちろん、誰も真に受ける人は居なかった。このニュースを見たチズたちのほかには。

野々村卓也たちは、先日のブランド品店の窃盗事件や、十八軒の民家を荒らしたことなどを自供している。十八の事件のうち十八回、何者かに邪魔をされて盗むまでにはいたらなかったのだという。家を荒らしたのは、自分たちではなく鬼だと卓也たちは主張している。

もちろん、誰も真に受ける人は居なかった。このニュースを見たチズたちのほかには。だって、逮捕された五人はひどく取り乱し、号泣、失禁をする者まで居るらしい。悪い薬物を使っていると疑われても無理はない。

卓也は女性と少年を拉致《らち》監禁したことも自供したが、その現場である廃ビルにはだれも居なかった。拘束していたらしい粘着テープが、はがされ打ち捨てられていたから、自供は真実であり、被害者は自力で脱出したものと判断された。警察本部は、心当たりの人物に出頭をもとめている――。

（ごめんなさい、行きません。一星くんのこと、説明できないから）

そのことについては、おそらくＩＴＯがうまく処理してくれるだろう。

午後になって、チズに速達が届いた。

奇妙な手紙だった。

赤いゴム印で『速達』の表示はあるものの、和紙に毛筆で宛名《あてな》が書かれ、カキツバタの花がそえられ、実にみやびである。しかも切手が貼ってないので、受取人のチズがお金を払うことになった。

――S市A区中央一丁目八の七　はなぞのホテル気付　桜井千鶴様。

表には、そう記されている。まぎれもなくチズ宛だ。

そして、和紙で巻いた封筒のうらには、差出人の名前だけが記されていた。

――土御門一星。

チズは慌《あわ》てて中の手紙を取り出す。

通りすがりの支配人と吉井さんが、覗《のぞ》き込んできた。

「一星くん、無事だったの？」

手紙には、こう記されていた。

――御霊神社の末社の岩は、時間放浪者を戻すポイントだったみたいで、わたしも鬼も無事に京の都に帰れました。鬼がいうには、盗賊たちをつかまえて、検非違使《けびいし》の門前にさらして来たそうです。そっちの時代には検非違使はないから、警察のことですね。鬼ながら、なかなか味なことをするやつです。あいつら、わたしを監禁したりするから、鬼なりに怒ってくれたらしいです。

——そうそう、いい忘れましたが、鬼とわたしは仲が良く、あやつはわたしの修業によく付き合ってくれます。そちらでお見せした戦いも、なかなか迫真の戦《いくさ》ながらだったと自負しておりますが、いってみればじゃれ合いの延長とでも申しますか。へへ、騙《だま》されたでしょう？

「な……なんなのよ、人をさんざん心配させといて」

チズがいうと、支配人も腕組みをする。

「これは、ちょっといただけない。困った少年ですね」

——では、ここでちょっと目をつぶって精神を集中し「急急如律令」と念じてください。

チズは書かれてあるとおりにしてみた。

（きゅうきゅうにょりつりょう……？）

瞼《まぶた》のうらに映像が浮かんだので、チズは慌てて目を開けた。

支配人と吉井さんが、チズの顔を覗き込んでいる。

「何か見えたの？」

「陰陽師の術なのですか？」

「は……はい」

チズは慌てて目を閉じると、もういちど「きゅうきゅう――」と唱えてみる。

すると、映像はいっそう鮮明になって、チズの意識に飛び込んできた。

広い庭園のある寝殿造りの館《やかた》に、一星が居た。

そして、鬼が居た。

驚いたことに、鬼と一星はじゃれ合っていた。

身の丈二メートルの鬼に肩車され、鬼のパンチパーマ頭にほおずりする一星。

二人で、古式ゆかしいメロディの歌を歌ってギャハハハと笑っている。

チズは目を開けて、いそいで手紙の続きに目を落とした。

――チズさんの居る時代もなかなかスリリングで面白かったです。また鬼を連れて遊びに行きますね。ではお元気で。土御門一星。

(もう来なくていいから)

チズは憤然と太い息を吐いた。

手紙はまだ、名残惜しそうに続いている。

――追伸。チズさんとの思い出に、鬼に名前を付けました。チズ、と。

怒り出すチズを置いて、支配人は旅行室の掃除に、吉井さんは厨房《ちゅうぼう》に向かった。

第四章　愛から、未来へ

1

三階のスイートルームには『起こさないでください』の札が掛かっていた。

大きな掃除機でカーペット張りの廊下の埃《ほこり》を吸っていたチズは、スイートルームからあくび加減に出て来たマダムに会釈《えしやく》をした。

この人物は、百発百中の占い師として全国に名を馳《は》せるガーネット・市森《いちもり》である。そんな高名な占い師は、時間旅行にも興味を持っていた。ガーネットの占いが的中するのには理由がある。時間旅行をするのにも理由がある。

「あら、おはよう」

ガーネットは濃い化粧をした顔でほほえんだ。ときおり、テレビのワイドショーで見るとおりだ。こうして面と向かっていると、チズは自分がテレビの中に居るような錯覚を起こす。

「おはようございます」

「わるいけど、あなた、すぐにグリーンスムージーを持って来てくださらない？」

昭和の前半の時代みたいな言葉づかいも、テレビのまま。こういう言葉で頼まれると、チズは自分が客室係というよりはメイドになった気がして、厨房《ちゅうぼう》にすっ飛んでいかずにはいられなくなる。

「はい、ただいま」

本来ならば、いくらスイートルームに宿泊しているVIPにだって、こんなサービスはしないのである。しかし、例によってガーネット・市森ははなぞのホテルに多額の寄付をしてくれる上客だった。そういうお客に対して、ホテルではいいなりというのがモットーなのである。

「吉井さん、ガーネット・市森さまがグリーンスムージーをご所望です」

「はい、ただいま」

いつも注文には文句の一つ二つを枕詞《まくらことば》にする吉井さんも、高額寄付のお客さまとくれば条件反射で従順になる。すぐさま、冷蔵庫から材料を取り出した。

はなぞのホテル自慢のグリーンスムージーは、凍らせたパクチー、春菊、小松菜、モロヘイヤ、大根、ニンジン、バナナをミキサーにかけたものだ。吉井さんの作るものの中で、唯一《ゆいいつ》マズイ。

チズは大きなグラスに入ったスムージーを、うやうやしく銀色のお盆に載せて三階に運んだ。ガーネット・市森は、部屋にもどって足を組んで寝椅子《ねいす》にすわり、桃色のネグリジェの裾《すそ》をサッとひるがえした。

「旅行室の準備はできていて？」

「支配人に訊《き》いて来ます！」

今度もまた、労をいとわず、チズは一階まで駆け下りた。

旅行室のマホガニーのドアをノックすると、中から支配人の声がする。

「どなたですかな？」

「桜井です。ガーネット・市森さまが旅行室の準備はいいかとのことです」

支配人はドアを開けると、やっぱりうやうやしくタイムマシーンを手で示した。

「いつでも使えますよ」

「では、そうお伝えしてきます」

(だけど、いいのかなあ)

チズが釈然としないのは、ガーネットの仕事の内容だった。

ガーネット・市森はタイムマシーンを使って、顧客の未来を見てくる。それを告げることで、占いは必ず当たる。

時間旅行の費用は安くはない。しかし、ガーネットの顧客は、そんな旅行費用を出しても楽々採算がとれて、おまけにはなぞのホテルに高額の寄付が出来てしまうほど、大金を払ってくれる人たちなのだそうだ。

だったら、お客が自分で未来を見てくればいいのにと思うが、時空法のしばりがいろいろあるらしい。株価の上下とか、当たり馬券とかを見るのは、よろしくないとのこと。ガーネット・市森がタイムマシーンに乗って見にゆくのは、若い顧客ならば倦怠期《けんたいき》を迎えたころの結婚生活、受験生の親ならばわが子が志望校に合格できるか、ビジネスマンには取引先の会社の様子、高齢の資産家ならば遺産の使われ方……などだ。

ガーネット・市森はこのやり方に慣れているので、時空法に抵触するようなことはない。チズが心配する必要などないのである。

(そんな占いなら、あたしにも出来る気がするよ。お金があれば、だけど)

実際には時空法を熟知していなければ、ガーネットみたいなことはできない。

「おはようございます、皆さん」

ロビーの柱時計のねじを巻きはじめた支配人は、脚立《きゃたつ》の上から旅行室を振り返った。

掃除を終えたばかりの旅行室から、ＩＴＯの二人が出て来たのだ。

「おや、どうしましたか？」

支配人が濃い眉毛《まゆげ》を上下させた。五十嵐さんと夏野さんは、いつにも増してキリリとした顔つきをしていた。

「二丁目の骨董《こっとう》店『古屋《いにしえや》』で、偽造タイムマシーンを見たという情報を得ました。これから行ってきます」

「お気をつけて」

五十嵐さんたちを見送って、チズは三階のスイートルームにもどった。

ガーネット・市森は着替えを済ませて、鏡を見ながらはみ出した口紅を指でぬぐっていた。

「準備ＯＫです」

「そう、ご苦労さま」

こちらを見ずに答えたガーネットだが、チズが立ち去りもせずにもじもじしているので、不思議そうに振り返った。

「どうしたの？」

「あの――ガーネットさんは、タイムマシーン占いがご専門なんですか？」

「それって、インチキだとでも？」

ガーネットは派手な笑顔を浮かべた。

「そんなことは……」

「ガーネット・市森は、正真正銘の占い師よ。いらっしゃい。あなたの未来を見てあげる」

ガーネットは微笑を浮かべて手招きした。微笑はさらにビームみたいに強くなって、チズはその引力から逃げることが出来なくなった。

おずおずと近くに寄ると、大きな指輪をたくさんはめた手が、シュッと蛇の舌のように素早くチズの左手を捕らえた。てのひらを上向きにされて、まじまじと見つめられる。

「あら……好きな男性が居るのね」

ドキリとした。

でも、あたしくらいの年頃なら、たいていはそういう人も居るよね、と思い直す。

「まだお付き合いしているというほど、親しくはないわね。どちらかというと、お相手の方があなたにお熱なのかしら？」

「は、はい」

チズは思わずうなずいたとたんに、恥ずかしくなる。

「二人の間には、いくつかの障害があります。それには、二人の人間がかかわっています。一人は、あなたの家族、もう一人は彼のお身内ね。それから、今、彼は運命の転換点を迎えています。それが二人の行く手に立ちふさがっているのよ。これを乗り越えたなら、あなたたちは、めったに居ないほどの幸せなカップルになれるでしょう」

「本当に？」

「周りが見えなくなるのもどうかと思うけど、遠慮ばかりしていたのでは、実る恋も実らなくてよ」

「あ……ありがとうございます」

「では、わたしは仕事に行ってくるわ。ドアの札、はずしておくわね」

「はい、行ってらっしゃいませ」

深々とお辞儀をして見送ると、チズは廊下の掃除にもどった。てのひらを見ながら、上の空で掃除機をうごかす。

尊との間に、お互いの身内が立ちふさがっている。

尊は今、運命の転換点を迎えている。

(ううむ)

尊の方はわからないけど、チズの両親は早く結婚をしろとうるさい。つまり、二人のことで障害にはならないはずだ。それにしても、綱吉からも、尊との間に距離を置きすぎだと注意されたことがある。

――人見くんは、おチズちゃんに聞いてもらいたがっていることがある。そこに寄り添うことこそ、嫁の務めであるぞ。

(二人で楽しくして居るだけじゃ、駄目なのかな)

ガーネットは「遠慮ばかりしていたのでは」といったけど、そんな自覚はない。

それから、尊の運命の転換点が、二人の行く手に立ちふさがっているって?

（転換点っていってもね）

尊は公務員で安定した身分だ。運命の転換点にはあまり縁のなさそうな職種である。

（やっぱ当たってないよね。タイムマシーン占いじゃなくちゃ、当たらないんだ、きっと）

廊下の掃除を済ませると、客室に移った。

ガーネットの部屋は、掃除をした後みたいにきれいに片付いていた。

＊

「人生って、ゲームだと思いますか？」

尊がいった。駅弁を買って新幹線ホームにのぼりしな、ふりかえってそう訊いてきたのである。

それがあまりに唐突だったから、チズは返答する言葉を探すのに苦労した。

「ええと――ええと。人生ゲームというのが、ありましたよね」

「うん、ありましたね。ぼくはやったことないけど、双六《すごろく》みたいな感じなんですよね、たしか……」

「そうそう」

チズは、ほっとして少し笑った。

エスカレーターは二人をホームまで運び、ちょっと肌寒い風が頰を撫《な》でて吹いた。

尊は記憶を追うように、ぽつりぽつりと話す。

「市役所に就職して、新人研修というのがあったんです。それが終了する記念に、皆で一言ずつ寄せ書き風なことを書いて、コピーして全員に配られたんですよね。そこに、人生はゲームだって書いたヤツが居たんですよ」

いかにも人生経験のない若造の書きそうな、青臭いセリフだと尊は思ったそうだ。それを書いたのが、実に芸能人ばりのイケメンだったから、やっかみもあったのは確かだ。大した意味もなく、さも気の利《き》いたことを書こうとしているんだろうと決めつけて、スルーした。——スルーしようとした。

だけど、それは単純でひょうきんな音楽のように、ことあるごとに尊の胸に浮かび、問い続けるのだという。

人生はゲームだ。

果たして、そうなのか？

「その人は、すごく安定志向の人なんじゃないでしょうか？」

チズは答える。頭の中には、安定志向の見本みたいな、両親のことが浮かんでいる。

「いわゆる人生のレールってあるじゃないですか。受験に成功して、就職に成功して、結婚に成功して、子どもが生まれて、孫が生まれて、仕事を勤めあげて。そこから外れないように、自分の駒《こま》を動かすっていうんですか――」

つまり、予定調和ということを、チズはいいたかったのだ。

ゲームというならば、その予定調和からはずれないように、せっせと既存のレールの上を進むのだろう。その芸能人レベルのイケメンさんは、実に堅実な人なのだろう。

尊はびっくりしたような顔で、チズを見ている。

「ぼくは、RPGみたいな、ドラゴンとか倒して旅をする系のゲームのことだと思ってました。スリリングで、戦いとロマンあふれる……って感じ」

「人生にドラゴンとか、あんまり出てこないですよ」

はっきりと「出てこない」と断言しないのは、はなぞのホテルで働いているがゆえにだ。ドラゴンはまだだけど、鬼には遭遇したばかりである。

「やっぱり、すごろく系のゲームだと思うんですけど」

「確かに、人生にドラゴンは出てきませんね」

尊はそういって、なぜか黙ってしまった。

新幹線の発車時刻まであと二十分くらいだ。二十分したら、尊は千葉に帰ってしまう。

チズは憂鬱《ゆううつ》になって、やっぱり黙った。

やがて、向こう側のホームを見ながら、尊がぽつりぽつりという。

「ゲームなら、勝ち負けがあるでしょ。チズさんは、負ける人間とか、好きじゃないですよね」

「う〜ん」

帰りに、自分も尊と同じ駅弁を買おうなどと考えていたチズは、われに返って顔を上げた。

「人生はゲームじゃないと思いますよ。人生は人生ゲームでもないし、ドラゴンとか出てくるRPGでもないです。その人、まちがっていますよ」

「そうですか?」

尊は驚いたように、少し笑った。

「あたし、小さいころ――」

となりの家に住んでいた恵美子ちゃんと並んで写真を撮ったことがある。

お人形さんのように可愛《かわい》い恵美子ちゃんは、直立不動の姿勢でつぶらなまなこをぱっちり開いて、カメラを見つめていた。一方のチズときたら、ふざけてからだをぐにゃりと曲げ、にたにた笑ってあさっての方向を見ていた。

思えば、それが恵美子ちゃんとチズのその後の人生を象徴していたと思う。

恵美子ちゃんは小学校の先生になって、同僚と付き合って婚約し、今年結婚する。

チズは、はなぞのホテルなんかでアルバイトをして、親にも親戚《しんせき》にも、そしてこの尊にだって説明できないようなみょうちきりんな仕事に明け暮れている。だけど、このみょうちきりんな仕事は、チズになかなか合っているのだ。イレギュラーな毎日が面白くてたまらないのだ。

(だけど)

だけど、安定した会社員だって小学校の先生だって尊のような公務員だって、昨日と今日と明日がまるで別の日だという点ではチズと同じだろう。昨日と今日と明日が続いているという意味でも同じだろう。そこにゲームの要素はない。人生はゲームではない。

「人生は人生ですよ。勝つも負けるもないと思います」

「本当にそう思いますか？　たとえばぼくが、市役所を辞めて――あの、その、たとえばですよ、家具職人になるとかいいだしたら、それは負けになりませんかね？」

「うん……。仕事にあるのは、向き不向きの問題だけなんじゃないかな」

公務員という仕事への適性において、規格外の個性を持っていたら、さぞかし仕事はつらいだろう。

家具職人という仕事への適性において、規格外の個性を持っていたら――つまり才能が少しもなかったら、さぞかし仕事はつらいだろう。

「人生と仕事は切り離せないですもんね」

チズは線路の彼方《かなた》を見やる。

「自分に合った仕事をしている人が、つまり『勝ち』なのではないでしょうか」

「安定してなくても、ですか？」

今日の尊は、なんだか不安そうだとチズは感じる。

「安定ですか――」

尊は公務員だから、世間的には安定しているといわれている。

そのことで、何かあったのだろうか。

「安定ですか……」

チズは繰り返しつぶやく。

安定も一つの大きな価値だ。だけど、安定とは正反対の、変化に富む生業《なりわい》を選ぶ人だって――芸術家も、ジャーナリストも、政治家も、アイドルも、やむにやまれず選んだ道だろう。チズみたいに、流されるままに時間旅行者の泊まるホテルで、てんやわんやに巻き込まれているのだって、チズは選んでそこに居る。安定していないかもしれないが、別に『負けている』なんて思わない。思う必要はないはずだ。

「人生をゲームだと思ってしまったら、きっとつまんないと思います」

「そうですか」

尊は、視線を落としたまま、ホッとしたように笑った。

「チズさんって、すごいな」

「え？」

実に意外なことをいわれ、チズは恥ずかしくなって、両手で顔を隠した。すごいだなんて、それこそ恵美子ちゃんと遊んでいた子ども時代から今日まで、おせじにもいわれたことがないのだ。

新幹線がホームに入り、構内アナウンスが発車時刻を案内する。

尊はそれとわかる気丈な作り笑顔でチズを見た。

人生はゲームじゃないから、この人は今迷うことがあるのだろう。そこに入り込めない自分をチズはもどかしく思った。だけど、それは仕方がないことなのだろうと思った。

（いつか、蒼汰くんみたいになれるのかな）

違法タイムマシーンの事故で、偶然に遭遇した吉井蒼汰の最期《さいご》のことを、ふと思い出した。百歳のおじいさんになった蒼汰が、百歳のおばあさんになった奥さんに看取《みと》られて亡《な》くなる瞬間。それはこの上もなく幸せなことなのだろう。だけど、二人にとっては、永遠の別れだ。生きていれば、かならず死ぬ。生きていれば、必ず別れるときがくる。

チズは尊の顔を見た。

整って、感じのいい顔。

広い肩を見た。視線を落として、大きながっしりとした手を見た。とても格好が良い。

これがほかのだれでもなく、チズのものになる。結婚するとはそういうこと。

チズは自分の手を見つめた。これがほかのだれでもなく、尊のものになる。結婚するとはそういうこと。

蒼汰を囲んでいた子どもや孫や曾孫《ひまご》たちのことを思い出した。子どもを作る——育てるとか苦労するとかは置いといて、子どもを作るということを考えた。結婚するとは、そういうこと。

（うわあ）

子どもを作るって……。

そんなことした後で、どうやってお互いの顔なんかまともに見られるんだ？

恥ずかしくて、死ぬ。

だけど、あたしがしなくちゃ、ほかのだれかが、この人としちゃう。そんなの絶対に耐えられない。

「人見さん……」

「はい？」

尊が、テレパシーなんて力を持ってなくてよかった。サトリのお化けでなくてよかった。チズが今考えていたことを読まれてしまったら、もう絶対二人きりになんかなれない。

だが、しかし、まてよ。

結婚の申し込みをほのめかす尊は、とっくにそんなこと考えて、考えまくって、考え尽くしているのではないのか？　それでいいのか？　それが交際するということなのか？　そうして結婚するのが、人生なのか？

「人生って、すごいですね」

チズはうろたえている自分をかくすようにして、そういった。

「うん」

尊はにこにこしている。

「そうですね。人生、すごいですよね」

遠くを見て、考え深げにそういった。少なくとも、子どもを作るときのことを考えているのではなさそうだった。

2

親友のカンナと休みを合わせて、二人で映画を観《み》に行った。

このところ、映画はもっぱらDVDを借りて自宅の小さなテレビで観ていたから、シネコンの大画面には圧倒された。タイムトラベルも、異時間での遭難も大スペクタクルだったように思っていたけど、大スクリーンで縦横無尽に展開する派手なストーリーには、ただただ感心する。映画は事実より奇なりだ。当然だけど。

　映画の余韻にひたりながら、文具屋に行った。

　雑貨好きのカンナと二人だと、たいていはこういうコースになる。色とりどりのペンや付箋《ふせん》、可愛いメモ帳や、ノートや手ぬぐい、マスキングテープ、絵ハガキ――文具屋はまことに乙女心をくすぐるお手頃価格なもので満ちている。

「あれ？　夏野さん？」

　あまり乙女心には縁のなさそうな夏野さんが、ご祝儀袋《しゅうぎ》のコーナーに居た。珍しいことに私服である。しかし、白いブラウスに黒いスラックスだから、いつもとあまりイメージがちがわない。

　チズに声を掛けられると、見たこともないほど驚いて、手に持っていたものを全《すべ》て棚にもどした。まるで、万引きを見つかった不良ビギナーみたいな態度だ。

「この子、友だちのカンナちゃんです」

　チズは夏野さんにカンナを紹介した。

「カンナちゃん、こちらは仕事でお世話になってる夏野さん」

「はじめまして」

　二人は会釈をかわし、几帳面《きちょうめん》な夏野さんは、『大空不動産』の名刺なんかを渡している。

「あ、不動産屋さんですか」

「ええと、へへへ」

チズはごまかし笑いをして、話をそらした。

「どなたかの結婚式ですか？」

「いや――あの――実は――あの――」

すごくためらっているので、チズとカンナは顔を見合わせてから、無邪気な笑顔で先をうながした。

夏野さんは、知的で美しい顔をさっと赤らめて、まだもじもじしている。

「実はその――五十嵐に誘われて食事をしたのです」

仕事仲間として、夏野さんは五十嵐さんのことを呼び捨てにしたけど、この情報はもっとほんわかした事実を告げているらしい。

「つまり、デートしたんですか？」

ふと、新幹線のホームで考えた、男と女のすること――が頭をよぎった。それでチズは、人知れず慌《あわ》てる。

そんなことには気づかず、五十嵐さんが誰かも知らないカンナがはしゃいでいる。

「わあ、良かったじゃないですか」

「デートではなく、食事です」

夏野さんは訂正したが、それは照れからくることだったようだ。

で、食事のお礼に五十嵐さんに何かプレゼントしようと思い立った。

「え？　何を、何を？」

デートとかプレゼントとか、普段の夏野さんのイメージからしたら正反対のことばかりだ。

（五十嵐さんと夏野さんか）

お似合いだと思った。カップルができあがったからといって、すぐにエッチなことを考える方が絶対に変なのだ。チズは自分にそういい聞かせて、肌色と肌色が交差する妄想を無理やり封印した。

「何を贈ったらいいか見当がつかなかったので、職場の皆に訊いてみました」

――もらって嬉《うれ》しいものって何ですか？

――現金。

だれもが同じことを答えたので、夏野さんは『現金』を贈るのが一番だと判断した。どうせならば、きれいな袋に入れて渡そうと、ご祝儀袋を探しに来た次第……。夏野さんは、再びご祝儀袋を手に取って、照れくさそうに笑う。

（ああ、夏野さんたら……）

これはチズより重症かもしれない。

チズとカンナは困った顔を見合わせた。

「あの、ええと」

「デートのおかえしのプレゼントに、結婚式のご祝儀袋に入れた現金？」

言葉にしてみると、なかなか重い……というか面白い。

チズとカンナはふたりそろって、同じリズムでかぶりを振った。

「いやいやいやいやいや」

「ないないないない」

「何か他のものにしましょう。ちゃんとした品物に」

「時期がずれたけど、チョコレートとかは？　高いやつ」

「五十嵐はチョコは、ちょっと……」

夏野さんが困った顔でいう。

「甘党じゃないんだ。だったら、お酒がいいんじゃない？」

「五十嵐、お酒も飲まないんです……」

「じゃあ、ネクタイはどう？　夏野さんのセンスで選んだやつ」

「わが社は、業務中は黒いネクタイの着用が義務付けられていて……」

「だったら、プライベートで使ってもらおうよ。次のデートのときに締めてね、とかってさ。ね、チズちゃん」

「そうだよ、そうだよ、ね、夏野さん」

「そ……そうかな」

次のデートというフレーズに、夏野さんは照れに照れた。いつも冷静な美人さんだから、ちょっとだけ夏野さんに近付けた気がした。

＊

「夏野さんたらね、普段とは全然ちがうんですよ。女の子〜って感じなんです。何か、いつもとちがう魅力を発見したって感じで、ああいう人に好きになられて、将来ずっといっしょに暮らせたら、五十嵐さんは幸せだろうなって思ってしまいました」

チズははなぞのホテルに近いカフェで、アイスココアとコーヒーをはさんで人見尊と向かい合っている。お見合いから半年が経《た》つ。尊はちょくちょくS市にやって来て、さりとて他愛《たわい》のないことを話し、他愛のない時間を過ごして帰って行く。そして、いつもさらりとプロポーズみたいなことをいうのだ。

「ぼくも、チズさんとなら幸せな一生を過ごす自信があります」

「えへへ」

チズは前髪越しに尊の顔を覗《のぞ》き見て、可愛く、悪戯《いたずら》っぽく、そしてごまかし笑いをした。

尊と結婚するのは、イヤではないのだ。

しかし、まだ結婚という人生の大イベントに臨みたくないのである。

その理由は、はなぞのホテルを辞めたくないという一事に尽きる。

あんなに面白い職場は、世界中を探してもほかにあるはずはない。

だから、チズはいつも答えをはぐらかしてしまうのだ。

「今朝の吉井さんのまかないは、なんと、うに丼《どん》だったんですよ。朝からうに丼！」

尊は、ちょっとだけ落胆を顔ににじませた。そして、何か思うところがあったらしく、口元を引き締める。

「ぼくが、こっちに住もうかなと思うんです」

「市役所を辞めて？」

「はい」

尊がきっぱりとうなずいたので、チズは感動した。それなのに、よけいなことをいってしまうのだ。

「公務員を辞めるのは、もったいないですよ」

「皆がそういいます」

尊の口調が、ちょっとしらけた。

「でも、ぼくはチズさんほど、今の仕事に打ち込めていませんから」

「あたしなんか、アルバイトですよー」

そういったのは、チズの本心か？　チズの中の良識という他人の思考が、そういっているのではないか？

「アルバイトでも、パートでも、心から打ち込める仕事がある人が、ぼくはうらやましい」

「人見さんには、公務員のほかに、やりたいことがあるんですか？」

アイスココアを飲んで、チズは楽しそうに訊いた。夏野さんに、五十嵐さんへのプレゼントを何にするかと尋ねたときみたいな、わくわくした気持ちが広がった。

「はい、実は」

実は、の先を尊はいわなかった。将来を託したいほどの夢ならば、そんなに簡単に言葉にできないだろう。そうと察して、チズは話題を変えることにした。

「今度は、あたしが千葉に行きますね」

「いや、ぼくがこっちに来ますよ。来たいんです」

それから、尊は将来のことは話そうとはせず、最近読んだ本や、好きな音楽の話をした。

いつまでも、こうして話し続けていたかった。だけど、たまに会話がとぎれて、二人で外の景色を見るのも、とても気分がよかった。

無理に彼女と彼氏の生々しい付き合いのことを思い巡らすより、自分のペースで居られる方がずっといい。たとえば、チズがお皿で、尊がカップでも、チズが眼鏡で、尊がだれかの顔でも、離れがたく近くに居られるならそれだけで最高に幸せだ。チズが雑巾《ぞうきん》で、尊がバケツでも。チズがカタツムリで、尊がカタツムリの殻でも。でもやっぱり、チズが彼女で、尊が彼氏なのが一番いい。

カフェを出て、また新幹線のホームまで尊を見送った。

(人見さんが将来やりたいことって何なのかなあ)

いつぞや、綱吉がいっていた、尊がチズにいいたがっていたというのが、そのことなのだろうか。もっと打ち明けてほしいと思う反面、尊がいうまで急《せ》かすのはよそうという気持ちの方が勝った。

今の仕事を辞めてまでチズといっしょに居たいといわれたのは、今日が初めてなのだ。自分と尊は一組のカップルなのである。だからこそ、尊はこんな話をする。そう思えることこそが幸せだった。

3

はなぞのホテルの、ちょっと早めの納涼会があった。会場は、はなぞのホテルにほど近いレストランだった。

吉井さんは、自分で料理をしなくてもご馳走《ちそう》が食べられるといって、喜んでいる。

「吉井さんのご馳走にはかないませんけど」

外で食べるときは、支配人もチズも、この一言を忘れない。

実際、これはおせじではないのだ。はなぞのホテルで吉井さんの料理を食べさせてもらえるなら、本当はもっと嬉しいのである。だけど、それでは吉井さんの苦労をねぎらえないから、そんな機会は一年に一回の忘年会だけと決めてある。だけど、毎日、おいしいまかないを作ってもらうチズたちは、充分に吉井さんの料理の恩恵を受けていた。

「あら、五十嵐さん。ステキなネクタイねえ」

ナプキンをひざに置きながら、吉井さんがいった。

いつもサングラスに黒服黒ネクタイの五十嵐さんは、今日は臙脂《えんじ》の地に小紋のように小さな花柄が織り込まれたネクタイをしていた。夏野さんからのプレゼントだ。お店で見たときは乙女チック過ぎないかと思ったけど、朴念仁の五十嵐さんが締めると中和されてちょうど良いみたいだ。

夏野さんとチズは、パウダールームで上首尾のほどを確認し合った。

「うまくいきましたね」

「おかげさまで」

これならば、次のデートにも締めてくるだろう。

チズは化粧を直して、夏野さんより先にパウダールームを出る。

レストランは非常に盛況で、テーブルはほぼ埋まっていた。ウェイターがひっきりなしに行きかい、一張羅の善男善女が会話と食事に熱中している。

白い壁にマリー・ローランサンの複製画が掛かっていた。

その下に、チズは思いがけない人物を発見する。

人見尊だ。

(なんで、人見さんがS市に居るの？　今日は平日だよ？　千葉に居るはずだよ？)

しかも、奇《く》しくもローランサンの絵によく似た、実に可憐《かれん》な女性と向かい合っている。

それがとても仲睦《むつ》まじい様子なので、チズは全身に電流が通ったような衝撃を受けた。

「桜井さん、どうかしましたか？」

うしろから来た夏野さんに声を掛けられ、チズは「あ、あ、あ」とか「え、え、え」とかオットセイみたいなことをいう。

「ここに立っていると邪魔になります。早く行きましょう」

「は……はい」

機械的に足を動かしてテーブルにもどった。

それからお開きになるまで、何を食べたか、何をしゃべったか、チズはすっかり記憶が飛んでいる。

ちらり、ちらりと、どうしても視線が壁際《かべぎわ》のテーブルに向いた。

尊はローランサン嬢と実に和やかに食事を続け、チズたちより先に席を立った。尊がローランサン嬢をまるで壊れ物でも扱うみたいに、大切に大切にかばいながら出口までいざなうのを見た。チズには決して、そんな態度をとったことがないのに。

チズの胸の芯《しん》が、冷たくなった。

自分と尊は一組のカップルである。そう思って幸福にひたったのが、たちまちのうちに空《むな》しい絵空事のような気がしてくる。

はなぞのホテルの一行は、宝くじについてさかんに盛り上がっていた。

「チズちゃんは、宝くじが当たったら、何を買う?」

「あ?　え?　マリー・ローランサンの絵かな……」

上の空で答えた。

からっぽになったデザートの皿を見たチズは、真っ白になってしまった意識に、あらためてたじろいだ。デザートを食べたことを思い出せなかったのだ。

＊

これは嫉妬《しっと》というものか。

チズが世界にたった一人だけの人間の女というわけではないのだ。

尊だってときには、チズ以外の女性と食事を共にすることもある。

仕事の会食だったのかもしれない。単なる友だちだったのかもしれない。

でも、そうだとしたら、あのかばうような態度はなんだったのだろう。

かけがえのない人を、守るような、この上もない優しい所作でエスコートしていた。

チズといっしょのときは、二人で並んでズンズン歩くだけだ。

だから、あんな雰囲気なんかとは全く無縁なのだ。

つまり、これは嫉妬というものだろうか。

（あのとき――）

新幹線で発《た》つ尊を見送りにいったとき、人生はゲームなのかと訊かれた。何を迷っていたのかは、教えてもらえなかった。そのことをチズは自分に都合よく考えていたけど、実はまったくちがったのではないか。尊は、心変わりしたことで、悩んでいたのではないか。

人生はゲームだといった人が居た。

そのゲームは、ドラゴンが出て来るRPGみたいなものだという意味だろう。

尊はそんなことをいっていた。

(それから――それから――)

思い出そうとしても、浮かんで来るのは尊の笑顔だけだ。あの笑顔は、チズと居て幸せだという意味で見せた笑顔ではなかったのか。あの後の他愛ない会話を、くつろいだ恋人同士の証明のように思っていたのは、チズだけだったのだろうか。

ため息が出た。その息が震えていることで、チズは絶望的な気持ちになる。

たとえ結婚した者同士でも、いっしょに居ることで不幸になるばかりの人たちだって居る。理央さんとロボットの光雄みたいに、思い合っているのに、どうしても寄り添えないカップルだって居る。あの二人は、別れることでしか幸せを見つけられなかった。

(ちがう――ちがう。あたしは、ちがう)

チズは懸命に、自分の考えを否定する。だけど、どう思いを巡らせても、もはやチズには、自分の姿が見えない。ただただ、優し気な尊と、はかなげなローランサン嬢のことが頭の中を回るだけなのだ。

チズはスマホを持っては置き、持っては置き、書いては消し、書いては消しして、ついに尊に短いメールを送信した。

――今日、S市に来ましたか？

返事はすぐに来た。何はともあれ、そのことが嬉しい。だけど、内容については首をかしげずにはいられなかった。

――急な出張があったので、とんぼ返りしました。ゆっくり出来る時間がなかったので、連絡しなかったんです。でも、どうしてわかったのかな？

うそつき。

胸の真ん中が、ズシリと重たくなった。

＊

「よけいなことかもしれませんが――。昨日、レストランで女性と居た人、桜井さんの婚約者ですよね」

夏野さんにそう声を掛けられたので、チズはびっくりした。

夏野さんという女性は、およそ、わたくしごとを仕事に持ち込む人ではないのだ。生まれてこの方、私語なんかいったことがないような人だ。

「ネクタイを一緒に選んでいただいた恩義があります」

夏野さんは、テントウ虫のようなものをチズのてのひらに載せた。

「うわわっ、虫?」

「虫ではありません。偵察用ドローンです」

ＩＴＯの捜査の道具だという。

「これで、人見尊さんの動向を見張りましょう」

「え、え、え?　ストーカーっぽくないですか?」

「バレなければ、問題ないでしょう」

夏野さんが大胆にいうのが、チズにはたとえようもなく頼もしく思えた。

「では、飛ばします」

「は……はい」

夏野さんは未来製の腕時計型スマホをテントウ虫もどきに近付けてから、窓から出した。迷い込んだ虫を逃してやるような動作だった。

テントウ虫もどきは、空に向かって飛んでいく。

「気をしっかり持ってくださいね」

夏野さんは小さなガッツポーズを作ってみせ、外に停めてあるクルマで五十嵐さんと出かけて行った。違法タイムマシーンの捜査で、ＩＴＯは今とても忙しいのである。

＊

テントウ虫もどきの超小型ドローンは、いろんな情報をもたらしてくれた。

尊といっしょに居たローランサン嬢の名前は、S市在住の人見彩佳《あやか》。

「人見？」

尊の従妹《いとこ》である。

彩佳は重篤《じゅうとく》な病気で、ずっと市立病院に入院していた。

チズがレストランで目撃した日は、彩佳の誕生日で一時帰宅していたらしい。ならば、尊があんなにも壊れ物を扱うように大切にしていたのも、納得できる。病身の従妹を、万難を排して守っていたのだ。

(従妹か)

従妹なら、気を揉《も》むこともないのかな。

そう思ったけれど、テントウ虫もどきがもたらした情報によれば、そういうわけにもいかないようなのだ。

尊と彩佳の関係は、むろんプラトニックだが恋愛に近い感情をお互いに持っているという。しかも、彩佳が病気なせいもあって、尊の気持ちは彼女から離れないのだ。

(守ってあげたい人)

チズはそう胸の内に唱えてみる。

彩佳はまさしく、尊にとって守ってあげたい人だった。

そもそも、チズとお見合いをしてみようと思ったのも、彩佳のお見舞いでS市に来る**ついで**だったのかもしれない。チズが今度は自分が千葉に行くといっても、尊は笑顔でそれをかわした。

——いや、ぼくがこっちに来ますよ。来たいんです。

チズの住む街に来たいのだとばかり思っていたが、そうでもないらしい。尊は、彩佳に会いに来たいのだ。

(そういえば——)

チズは、思い出した。

以前、時の仙人といっしょに三年後にタイムトラベルしたとき、チズははなぞのホテルで働いていた。尊と結婚して千葉に引っ越していないということだ。

(あたしたち、別れるのかな)

尊と彩佳が二人で居るのを見るまでは、思ってもみなかったことだった。

はじめて生じたその恐れは、たちまちのうちに胸いっぱいにひろがった。

＊

ＩＴＯや時空ホテル協会の会議があるわけでもないのに、支配人が出勤して来ない。毎朝、楽しみにしている吉井さんのまかない朝食の時間になっても現れなかった。

「どうしたんでしょう？　お家《うち》で倒れているんじゃないですか？」

「そうなのよ。倒れたの。血だらけだったそうよ」

野沢菜のおにぎりを運んで来た吉井さんが、あっさりそういったので、チズは驚いてしまった。

「血だらけ？　何があったんですか？　大丈夫なんですか？」

「痔《じ》だって」

「はい？」

痔で倒れるのか？　血だらけになるのか？　うら若いチズは痔疾とはまだ無縁なので、それがいかなる病気なのかもわからない。

「ともかく痛いんだってよ。支配人も、ずっと辛抱してきたんだけど、ゆうべとうとう救急車で運ばれたんだって。そのまま市立病院に入院になったそうよ。きっと大変な痔だったんだわ」

「大変な痔って、どんななんだろう」

チズは、支配人の身を案じた。

「客室の掃除が終わったら、お見舞いに行っていいですか？」

「そうしてあげなさいよ。手術するらしいから、きっと死ぬほど怖がってるわよ」

「わあ、大変だ」

おにぎりの残りを差し入れに持っていってあげようと思った。本当に死ぬことはないだろうけど、今ごろ病室に一人居て怖がっている支配人のことを思うと、気の毒でたまらなくなった。

＊

支配人が入院した市立病院は、地下鉄を降りてすぐの場所にあった。

お花を持ち込めることを確認して、病院の向かいにある花屋で、花束を買った。支配人は洒落者《しゃれもの》だから、赤い薔薇《ばら》にした。

「ええと……」

痔の患者というのは、どこに居るのか。

（あたし、支配人の名前も知らなかった……）

外来入口らしいところでうろうろしていると、大量の人の波に押され、売店の方まで来てしまった。

そこでチズは思いがけない人物と出くわした。

尊だ。

「チ——チズさん？　どうして、ここに？　チズさんも、どこか病気なの？」

「いえいえ、全然。支配人のお見舞いです。あの、ええと、人見さんは？」

チズは、何も知らないフリをした。

売店を覗くと、病院のお仕着せのパジャマを来た彩佳が、雑誌を物色しているのが見える。

「従妹です」

尊は、はにかむような笑顔でそういった。はにかむ表情の中に、悲しみが見てとれた。知っていますともいえず、チズはどぎまぎする。尊が教えてくれていないことを知っているのが、ひどい裏切りのような気がした。

「あいつ——」

尊の声が小さくなる。

顔から表情が消えた。

チズはどうしていいのかわからず、さりとて視線を外すこともできず、尊の目を見つめた。

「余命が、三ヵ月くらいっていわれてるんです」

その言葉は、尊の胸からあふれてこぼれ落ちたように聞こえた。

「え……」

夏野さんのテントウ虫ドローンは、彼女の病気が重いことは知らせてくれたが、そんなにも深刻だとは思いもよらなかった。チズは言葉をなくしてしまう。同情、共感、悲嘆……だけど、そのかげに安堵《あんど》はないか？　死んでしまうなら恋仇《こいがたき》にはならないと、心のどこかでホッとしてはいないか？　チズは自分の胸のうちをさぐり、いたたまれない気持ちになった。

「できるだけ、そばに居てあげたくて」

（ああ、そうか）

チズは納得した。自分の気持ちも、尊の気持ちも、それぞれの足元くらい低いところで、どんより沈んで落ち着いている気がした。

「人見さんは、従妹さんのこと――」

尊が仕事を辞めて、こっちに来たいといっていたのは、そういうことだったのか。

「大好きなんですね」

なぜ、そんなことを訊くのかと、チズは自分を責める。この期に及んで、自分は死にゆく人に嫉妬しているのか？

「はい」

尊のシンプルな返事に、チズは渾身《こんしん》の作り笑いを浮かべた。本当はショックで顔が引きつりそうだったのだ。あたしとどっちが好きなのかと訊きたくなり、そんな自分が鬼畜生だと思った。

今、ああして楽しそうに雑誌を選んでいる可愛い彩佳が、三ヵ月後にはこの世に居ない。それは尊にとって、どれだけつらいだろう。

買ったばかりの雑誌を持って、彩佳が近づいて来た。

「あれえ？　ウソ！」

彩佳はチズを見て、にこにこと笑っている。

「チズさんですよね。はじめまして」

「は――はじめまして」

そうか、尊が普段から写真とか見せていて、それで知っているのか。そう納得するチズだが、自分の方は彩佳のことは少しも教えてもらっていなかったことに気付いた。

重い病気の従妹のことは、確かに吹聴《ふいちょう》するような話ではない。

だけど、それだけか？

ひとに教えたら、無防備に世間に出したら、彩佳の命が手の中からこぼれ落ちてしまう。そんな、理屈では割り切れない、だけど確信のような愛情に根差してのことではないのか？

そう思えるくらい、彩佳は可憐で、はかなかった。

「チズさん、これからずっと、尊ちゃんのこと、よろしくお願いします」

彩佳が笛みたいな細い声でそういったとき、目から涙が噴き出して、チズは慌てふためいた。

（駄目だよ、駄目だ）

もうすぐ死ぬ人の前で、こらえ性もなく泣く馬鹿《ばか》がどこにいる。

チズはどうしていいかわからず、支配人のために持って来た花束を尊に押し付けると、ばたばたとその場から逃げ去った。

支配人の入院している病棟には、すぐに行けた。チズが泣いているのを見た支配人は、自分の病気が実は痔などではなくもっと重いのではないかと深読みして怯《おび》えた。廊下を歩いて行く主治医を見付けると、大変な勢いで追いかけて行ってしまった。

「あの……」

驚いたチズが廊下に出ると、支配人は真剣な顔で医師に話しかけている。

「あははは」

医師の笑い声だけがこちらにも届いた。

それから一言、二言話すと、支配人のこわばった顔がようやくほころんだ。

こちらに目をくれて、上機嫌で「ＯＫ」の合図をくれる。どうやら、医師をつかまえて自分の病状について確認をしたらしい。

医師の返答は「あはははは」だ。

支配人は、まるっこい体躯《たいく》を反らすようにして、意気揚々と帰って来た。

そのとき、チズの胸にポッと明かりがともった。

どうして、すぐに思いつかなかったのだろう。チズはそんな自分がもどかしくなる。

「支配人、あの――」

チズは言葉をえらび、盗み見るように支配人を見上げた。

「病気の人を、タイムマシーンで未来に連れて行って、治療してあげるわけにはいかないんでしょうか」

「桜井さん、きみ」

支配人は感激したように、目を見張った。

「そんなことしなくても、わたしは大丈夫ですから」

「え？」

チズは目をぱちくりさせてから、慌てて顔の前で手を振った。

「じゃなくて、あたしの知り合いの親戚に、重たい病気の人が居まして――」

「むむ?」

「治療が難しくて、本人ももうあきらめているんだけど、未来の医療技術ならば――」

「いけません」

最後までいう前に、支配人がきっぱりと話を切った。

「病人やけが人に未来の先進医療を受けさせることは、時空法で禁じられています。考えてもみなさい。そんなことが許されたら、古今東西、社会がめちゃくちゃになってしまうではありませんか」

「でも――でも、虐待《ぎゃくたい》されていた子どもを助けたり、暗殺されそうな人を保護して江戸時代から連れて来たりしているじゃないですか」

「それは、それ。これは、これ。ともかく、駄目なものは駄目なのです」

支配人は今まで見たこともないような、厳格な顔つきになっている。

「それじゃあ、説明になっていません!」

つい声が高くなるチズに、ほかのベッドの患者たちの注目が集まった。支配人はしぶい顔でチズを見据えると、追い払うような手振りをする。

「桜井さん、そろそろ帰らなくていいんですか? 今日の仕事は済んだんですか?」

「…………」

とりつくしまもない。そうと察したチズは、不承不承、病院をあとにした。

4

チズが戻ってすぐ、はなぞのホテルに血相を変えた中年夫婦がやって来た。

このタイプのお客には、亀《かめ》の甲より年の劫《こう》、支配人に任せておけば何とかしてくれるのだが、いかんせん、支配人は痔で病休を取っている。しかも、この夫婦連れはチズに用があるといった。

「あれ？」

よく見れば、会ったことがある人たちではないか。

去年の暮れ、尊とのお見合いに同席していた、彼の両親ではないか。

「その節は、大変にお世話になりまして」

「いえいえ、こちらこそ」

社交辞令のやり取りももどかしい様子で、人見夫妻は身を乗り出してくる。

「うちの尊、どこに居るか、ご存知ないでしょうか？」

「え？」

尊には市立病院で会ったばかりだったが、チズの中で警報が鳴り出す。それは盛んに「しらばっくれろ！」と叫んでいた。チズは自らの本能の警報に従い、とぼけた顔で目をぱちくりさせた。

隠せば隠せたのだろうが、人見夫妻はその問いのわけをしゃべり出した。よっぽど思いつめていたらしく、二人で争うようにして言葉を並べる。

「うちの尊が市役所を辞めてしまったんです」

「ええ？」

「やりたいことがあるといって」

「やりたいことって……」

確かに、そう思っているとは聞いていたけど。

「S市に引っ越して、夢を実現させるんだといって」

「家を出て行ったんです」

「あの……」

仕事を辞める。家を出る。

それは、チズにとっても寝耳に水の出来事だった。江戸時代の将軍がやって来るのと同じくらい、未来からだれかが殺しに来るのと同じくらい、肝をつぶす一大事だった。そんな大事なことを、尊に相談してもらえなかったのが、悲しくてくやしい。

（いや、そうじゃないかも）

確かに、尊はチズに伝えていたのだ。人生はゲームなのかと訊いたあのとき、尊はちゃんといっていた。

——たとえばぼくが、市役所を辞めて——あの、その、たとえばですよ、家具職人になるとかいいだしたら、それは負けになりませんかね？

家具職人。

ようやく、チズはピンときた。

尊は市役所を辞めて、家具職人になろうとしているのではないか。

茫然《ぼうぜん》とするチズを、尊の両親が怪訝《けげん》そうに見る。

「千鶴さん、どうかしたんですか？」

「え？　え？　いや、なんでもないです。はい、なんでもないです」

チズは慌ててかぶりを振る。

胸がドキドキと鳴った。

「あたしも、どこに居るかわからないです。すみません」

申し訳なさそうにいうと、人見夫妻は肩を落として帰って行った。「すみません」と、口の中でもう一度つぶやく。

チズはすぐに尊に電話をしてみたが、つながらなかった。だけど、そのことにホッと胸をなでおろしてしまう。

（人見さん、ごめんなさい。今は人見さんの一大事に構っていられないの！）

今日のチズは意気消沈しているひまがなかった。スタッフルームの机の上を掻《か》きまわして、関係者連絡簿という古ぼけた綴《つづ》りを引っ張り出す。

筆文字で書かれて黒い綴《と》じ紐《ひも》で結ばれているけど、中を開くと一枚一枚がぺらぺらにうすいコンピュータのディスプレーになっていた。はなぞのホテルに出入りする、業者やITO職員の連絡簿だ。情報が更新されるたびに、自動的に内容が書き代わるという未来アイテムである。

その一番最後のページに、夏野さんのことが書かれていた。

チズはそこに載っている携帯番号に電話をした。

＊

夏野さんは時間ぴったりに待ち合わせの場所に現れた。

中央通りのカフェの二階席である。

先に来て待ちわびていたチズは、それまで必死になって脳内でシミュレートしていた言葉を、夏野さんにぶつけた。つまり、彩佳を未来の病院で治すことができないか、ということだ。

「無理ですね」

夏野さんは支配人とはちがって少しも感情を乱すことなく、あっさりといった。

「事件や事故を時間操作で防ぐことはできます。自殺や殺人、事故死は防ぐことが順当とされていますから。しかし、人間の本来の寿命に関与することは、許されていません。これは全時代を通じて取り決められたことで、犯すべからざる規範です。残念ですが、桜井さんのお知り合いの病気を、未来の医療技術に託すことは百パーセント無理です」

「でも——でも」

チズは懸命に食い下がる。

「上さまを助けるのと、どこがちがうんですか？」

「わたしにいわれましても」

別に困った様子でもなく、夏野さんは「ふう」とためいきをつく。

「時空法第七条に規定されていることとです。違反した場合、懲役百五十年もしくは五兆円の罰金。それくらい重たい罪に問われます」

「…………」

チズは目の前のアイスコーヒーのグラスについた水滴を見つめた。

「どうして……？」

どうしてひとの命を助けることが重罪になるのか。たとえば、日本国内で手術ができない病気の人が海外に渡ったりしているではないか。

「ならば、訊《き》きます。あなたにそれができますか？」

「え？」

「余命の少ない、重篤な病人を未来ではなく海外に、連れて行くだけの準備があなたにできますか？　病状が急変したときの対応は？　移動と治療に要する財源は？　桜井さんには、その方に外国の医療を受けさせるだけの覚悟がありますか？」

「だから、外国じゃなくて……」

「同時代の医療機関に運ぶことすらできないのに、未来になど連れていけると思っているのですか？」

「…………」

チズはうつむき、一言も返せなかった。

カフェを出て、人出の多い通りを一人で歩いているうちに、どうしようもないくらい全身が重たくなった。

（だったら――違法タイムマシーンなら）

ふと、その考えが浮かんだ。

江戸時代からの暗殺者や、菊田理央さんを乗せたような違法タイムマシーンで、ＩＴＯに見つからずに未来に行けたら、彩佳を助けられるのではないか。

だけど、医療機関に入院させるためには、保険証をはじめ患者の身分を明らかにしなくてはいけない。過去から来た患者——その一事だけで、違法に時間旅行したのが露見してしまう。

それに、こっそり医療費をたてかえるだけの蓄えがチズにはない。

事故で異時間にでも放り出されて彩佳の容態が悪くなったら、却《かえ》って命を危険にさらすことになる。

第一、違法タイムマシーンなど、どこに行けば乗れるのかわからない。

結局、何もできない。

込み上げる絶望感で、チズは思わずぺしゃりと座り込んでしまった。

行き交う人たちが、驚いて振り返って行く。それが、自分への非難のように思えて、チズはたまらなくなる。

(ごめんなさい——ごめんなさい——彩佳さん、あたし何もできません)

え、え、と泣き声が口からもれた。

涙で何も見えなくなった。

＊

「さっきまで居ましたよ、尊ちゃんのおじさんとおばさん。きわどいタイミングで、尊ちゃんとすれちがいになりました」

ベッドの上に半身を起して、彩佳がにこにこといった。

さっき、泣いてしまったことを謝ると、彩佳は顔の前で懸命に手を振る。

「いえいえ。わたしだって、ずいぶん泣きましたから」

笑いながら、そういった。あと三ヵ月しか生きられないと聞いて、本人が泣くのは当然のことだ。問題は、チズが本人の前で泣いてしまったこと。そのこらえ性の無さが、大人失格、人間失格なのだ。

「そんなことないって。わたし、チズさんに泣いてもらえるくらい好きになってもらって、幸せですよ、うん」

それから、尊の話になる。

「尊ちゃんねえ、本当にやりたいことがあるんです。その相談に乗ってたんですよね。病気で死ぬのを待つくらいしかすることがないとね、そういう人生相談とかしてくれるの、すごい嬉《うれ》しいんですよね。ああ、わたしもひとの役に立てるんだ、まだまだ捨てたもんじゃないなって思えるの」

「うん……」

ヤバイ。また泣きそうになる。

「尊ちゃんは、家具職人になりたがってるんです」

「家具職人――。やっぱり」

チズが茫然とつぶやくと、彩佳は得たりという表情でにんまりした。

「さすが、チズさん。やっぱり知ってたんだ」

「いや、はっきりとは――。市役所を辞めたって聞いて、ひょっとしたらって思っただけです。本人からちゃんと聞いたんじゃないんです」

「チズさんには心配かけたくなかったんだと思いますよ。尊ちゃんは市役所を辞めて、一人前の大人じゃなくなったわけでしょ。せめて、師匠に『ここに居ていい』といわれるまでは、黙っていたかったんじゃないかな。それをわたしがこうして話しちゃって、いいのかなあと後悔しているわけなんですけどね」

彩佳は「ちょっと待ってください」といって、ベッドわきの木製の引き出しを開けた。

「連絡先はここです」

メモを手渡される。新幹線の駅がある、あまり大きくない町の住所が書かれている。パイプオルガンがあるので、音楽イベントがよくニュースになったりするところだ。

「ご両親にも教えたんですか？」

チズが、おっかなびっくり訊いた。

「はい。そろそろ潮時だと思って。尊ちゃんも市役所を辞めて実力行使に出たわけだから、ここで将来の夢のこともオープンにする頃合いでしょう？」

「あたし、本当に――」

尊にそんな夢があったなんて、少しも知らなかった。病気の従妹のことも、知らなかった。

その言葉を飲み込んだのが、彩佳にも正確に伝わったようだ。

「尊ちゃんは、ここに来るといつもチズさんの話ばかりするんです。だから、わたしも、はなぞのホテルのことを、いろいろ知っている気になっちゃって。いつか泊まってみたいなあ。でも、無理かなあ……ってね」

彩佳は掛布団《かけぶとん》の上に、ぽんと両手を投げ出した。

「チズさん、尊ちゃんのこと、本当によろしくお願いしますね」

「はい」

「それから、もう一つお願いがあるんだけど」

「はい」

「わたし、二人の子どもになって生まれてきていいですか?」

彩佳の細い声が、胸にしみこんだ。

「子どもですか」

前に、結婚して子どもを作ることを考えて、恥ずかしくて死にそうになったことがあった。だけど、今は平気で聞けた。そして、お腹《なか》の中で育ってゆく自分の赤ん坊を、幸せそうに待っている気持ちすら想像できた。

それはとても幸福で――今まさに死にゆく彩佳の運命とはあまりにも対照的で、チズはまた泣いてしまった。

時間を行き来できる職場に居るのに、彩佳を助けられないことがどうしても納得できなかった。助けられない自分が許せなかった。その気持ちを隠しきれず、病人の目の前で泣いてしまう自分が、情けなくてしょうがなかった。この人が死んでしまうというのに、自分だけ幸せになるのが申し訳なくて――あまりにも申し訳なくて――。

「ごめんなさい。なんにもできなくて、ごめんなさい」

「チズさんは、いい人だなあ」

彩佳は、ティーバッグで緑茶を淹《い》れてくれた。

「わたし、正直にいうとね、友だちとか親戚《しんせき》にお見舞いに来てもらうの、ちょっとキツかったんですよね。この人たちにとって、わたしは死にかけている人間という物珍しい生き物なんだなあなんて、思っちゃうわけですよ。死ぬ前に義理でも顔を出してやるか、とか？　そうかというと、親身で居てくれる親の顔を見ているのも、またつらいんですよね」

両手でマグカップを持った彩佳はとても可愛《かわい》い。

「だけど、チズさんが泣いてくれるのを見てるとね、ああ、わたしの人生ってけっこう良かったかもって思えてくるのね。尊ちゃんも、チズさんのそういうところが好きなんだろうな」

「あたし——すみません、あたし」

チズは言葉にならず、ティッシュの箱を借りて、ひたすらはなをかんで涙をふいた。涙にちぎれて頬に貼《は》り付いたティッシュを、彩佳が手を伸ばして取ってくれた。

＊

母が落花生と、芋けんぴと、辛子明太子《からしめんたいこ》と、狭山《さやま》の新茶と、お見合い写真を持って、休日のチズのアパートに襲来した。それはまさに、襲来という感じだった。

「市役所を辞めた人に、大事な娘はやれないわ」

母はあたかも閻魔《えんま》大王のように、そういい渡す。

なんという俗物かと、チズは呆《あき》れた。

「あたしは尊さんと結婚します。そして、彩佳さんを産むんだから」

「だれよ、それ」

「尊さんの従妹」

母はてのひらをチズの額に当てて、熱を測るふりをした。「正気か？」なんていいいたいらしい。

「意味が全然わかんないわよ。――でも、あんた、初めて『尊さん』っていったわね。『人見さん』じゃなくて」

「そ――それが何よ」

無意識のことを指摘されて、チズは猛烈に照れた。母が尊との結婚を阻止しようという動きに出た以上、のんきに照れている場合などではないのだが。

「人見さんとお見合いをさせたのはね、おとうさんも、おかあさんも、あんたには実家の近くで公務員の奥さんになって、一生安定した生活をして欲しかったからなのよ。若いうちは、安定した暮らしなんていうと反撥《はんぱつ》するけど、それが人生で一番大事なのよ。今日も明日も明後日《あさって》も、十年後も二十年後も、高給じゃなくても暮らしていけるだけの一定の収入があって、それで初めて子どもが産めるのよ。家のローンも組めるし、老後の心配をしなくて済むの」

母は自らおもたせのお茶を淹れる。

チズは落花生の殻を割って、かりぽり食べた。

「だったら、おかあさんがそうやって生きたらいいじゃんか」

「中学生みたいな口の利《き》き方はやめなさい。いい年して、みっともない！」

母のお説教は、メールの着信音で中断された。

尊からだった。

——たった今、彩佳が永眠しました。

「え」

チズは自分のからだからも、何かが抜けて行くような感覚を覚えた。視界から色彩が消え、巨大な石でも飲みこんだみたいな気になった。五感が麻痺《まひ》し、思考がとまる。

(あ——あ——あ——)

ショックによる不具合はすぐに去ったが、ショックそのものはそっくり残った。

彩佳の、笑ってばかりいる顔が思い出される。

(彩佳さん、もう笑わないんだ。もう生きてないんだ)

尊は今、どんなにか悲しいだろう。たった一人で逝《ゆ》かなくてはならなかった彩佳は、どんなにか心細かったろう。あたしは——あたしは——。

たまらなかった。

胸の奥から、何かが脳天にかけのぼった。

チズは急いで窓を開けると、身を乗り出して空に向かって叫んだ。

「彩佳さん……！　彩佳さーん！　またね！　また、会おうね！　絶対に、あたしのところに来てね！」

下の道路を歩いている人たちが、こちらを見上げている。

母はチズが放り出したスマホを拾って見て、それ以上は何もいわなかった。

翌日、郵便受けにパソコンで作った管理会社からの手紙が入っていた。

――入居者各位。

――窓から外に向かって大声を出すのは、やめましょう。近所迷惑になることは控え、お互いに快適に過ごしましょう。

＊

天国まで見とおせそうなくらい、晴れた日。

尊と二人で、彩佳の墓参りに行った。住宅地にあるお寺の墓地だ。

庭園には夏の花が咲いていた。モンシロチョウを目で追うチズに、尊は遠慮がちな口調でいう。

「あの……、結婚、もう少し待ってもらっていいですか？」

今までの遠回しなプロポーズに比べると、ずっと具体的だけど、ずっとへっぴり腰ないいようである。

「一人前の職人になってから、改めて申し込みたいんですけど……ていうか、安定した職業を手放してしまったんだけど、そんなぼくでもいいでしょうか？」

「ファイト」

チズはそういって、にこにこ笑った。

「この世には、いろんなお仕事の人が居ますけど、自分で選び取った生き方をしている人は、ちょっとくらい不安定だって、ボーナスと有給休暇がなくたって平気なんですよ。選んだからには、進むのみです――」

われながら……と、チズは思う。

果敢なことをいっている。すごく近しい人にでなくちゃいえないようなことをいっている。

初めて会ったお見合いの席で、ケーキのフィルムをフォークに巻きつけたりほどいたりして、もじもじしていたころのチズは、ずっと過去に去ってしまった。チズは素直に、それが嬉しいと認めた。

でも、チズの上機嫌と尊の心は別物だ。

尊はまだ不安そうに、チズの顔をのぞきこんでいる。

「チズさんのこと、お待たせすることになるんですよ」

「待ちますよ」

チズは彩佳の家の先祖代々の墓をてのひらで撫《な》でた。

「あたし、尊さんのことも、彩佳さんのことも待ってますから」

「尊さんって、下の名前で呼んでくれましたね」

尊はたった今までの心配をどこかにやってしまい、晴れ晴れと白い歯を見せた。

――おチズちゃんも、普段から苗字《みょうじ》ではなく『尊さん』って呼んであげなさいよ。

綱吉にそういわれていた。

――あんた、初めて『尊さん』っていったわね。『人見さん』じゃなくて。

母に、そういわれた。

「嬉しいな」

尊は照れている。

やっぱり、この人は笑っているとかなりのイケメンだとチズは思った。

「でも、彩佳のことを待っているというのは？」

「内緒です」

おとうさん似の子は、きっと彩佳にそっくりだろう。

チズはまた彩佳に会えるまで、いつまでだって待つつもりだ。

本書は新潮文庫のために書き下ろされた。

デザイン　鈴木久美

おもてなし時《じ》空《くう》カフェ
〜桜井千鶴のお客様相談ノート〜

新潮文庫　ほ - 21 - 25

令和元年十一月一日発行

著者　堀《ほり》川《かわ》アサコ

発行者　佐藤隆信

発行所　株式会社 新潮社

郵便番号　一六二―八七一一
東京都新宿区矢来町七一
電話　編集部(〇三)三二六六―五四四〇
　　　読者係(〇三)三二六六―五一一一
https://www.shinchosha.co.jp

価格はカバーに表示してあります。

乱丁・落丁本は、ご面倒ですが小社読者係宛ご送付ください。送料小社負担にてお取替えいたします。

印刷・錦明印刷株式会社　製本・錦明印刷株式会社

ISBN978-4-10-180170-4 C0193